LES MENUS

D'UN

RESTAURANT DE PARIS

DURANT LE SIÉGE

PRÉFACE D'ANALOGIE PASSIONNELLE

SUR

LES MALHEURS DE LA FRANCE

PAR

BERTE AINÉ.

Le lendemain du jour où la France aura congédié ses six cent mille soldats, le monde sera à elle.

A. TOUSSENEL.

Un jour donc ce sera une grande insulte pour un peuple que de lui dire : Tu n'es pas républicain.

F.-V. RASPAIL.

1872

—

Imprimerie TARDY, 56, rue Nationale.
TOULON

AVERTISSEMENT

Les *Menus du Siége de Paris* auront pour objet de redresser les erreurs des peuples sur les malheurs de la France, ayant pour première cause l'inactivité des chefs. Noble pays de fraternité! Dieu dit à la France : Tu seras le panthéon de la planète ; Paris, le diapason ; tu auras pour dominante, l'honneur ; pour tonique, la liberté. Sa dominante c'est le brocantage, l'action judaïque, la soif de l'or ; sa tonique, l'exil, les prisons.

La France a perdu son honneur et sa tonique ; il faut qu'elle rentre dans sa grandeur, ou jamais un gouvernement ne sera en paix. Pour cela, il faut quarante-huit heures de travail à la Chambre.

Donnez au peuple sa dominante et sa tonique ; de ce jour, vous trouverez le peuple calme, l'esprit au travail. Quelque temps après l'expédition contre Rome, j'eus la faiblesse d'écrire que la France serait sillonnée par l'ennemi ; quelques jours après, je subissais mon effronterie ; je redis à mon beau pays la cause de sa tourmente : que le peuple me juge cette fois! je subirai mon arrêt.

PRÉFACE

Il m'est impossible de passer sous silence la cause de nos grands malheurs. Beaucoup d'hommes intelligents sont à l'ouvrage pour nous donner les revers de la France ; malheureusement, les histoires sont des étoffes brodées d'or, souvent elles s'éloignent de la vérité.

Depuis mon absence de Paris, j'ai entendu raconter de mille façons les malheurs de la France ; toutes s'accordent à dire : Trahison ! Trahison partout, chose impossible ; on peut trahir une fois, deux fois, mais subir une déroute, il faut chercher le mal autre part que dans la trahison.

Demandons à l'empereur Guillaume, à M. le prince de Bismarck, s'ils ont la fausse idée de croire que quarante millions d'hommes suffiraient pour vaincre une nation en république comme la France ?

Demandons aux Etats-Unis, au Mexique : cent millions d'hommes sont impuissants pour vaincre la France ?

Malheureusement nous avions toute l'Europe contre nous ; je dis toute l'Europe, puisqu'aucune nation n'a été assez généreuse pour faire entendre un cri d'humanité. Rome en tête, oui Rome capitale éternelle ; personne n'ignore aujourd'hui que ce fut Rémus et Romulus qui fondèrent Rome ; ils furent élevés tous deux par une louve ; le lait de la louve leur donna le crime ; furent deux chefs de brigands, et ce sont les descendants des deux bandits qui ont mission de gouverner les civilisés.

Pourquoi voudriez-vous que des enfants nourris par une louve donnassent autre chose que des mœurs de misérables ? L'illustre Toussenel nous donne la clef de la vérité sur le problème à résoudre.

Depuis que les mères (boutiquiers et bourgeois enrichis) donnent leurs enfants en nourrice, l'ânerie et l'avarice se propagent à vue d'œil. Pourquoi en serait-il autrement? L'alimentation, scientifiquement préparée pour l'homme en particulier, les animaux et les végétaux ensuite, est tout le progrès d'une nation, l'avenir de l'humanité.

Je m'épouvante contre ce système; mais ne blâmons pas la femme de campagne. Pauvre travailleuse des champs, ton fils monte la garde à la porte des grands, et toi tu donnes ton sang le plus pur pour empêcher le fils du boutiquier et du bourgeois d'être chétif, tu donnes force, courage, mais point l'intelligence.

Mères, prenez garde à vous!!! La femme qui ne nourrit pas son enfant fait une insulte envers le Créateur et est indigne d'être mère. L'introduction d'un pareil vice ne peut être importé que par un enfant élevé d'une louve.

L'accaparement, l'envie de l'or est tellement inoculée chez les enfants élevés par la louve, que si je viens à mourir d'un moment à l'autre et que le prêtre ne veuille pas suivre mon cercueil sans avoir passé chez lui, je le remercierai d'avance.

Je connais que trop bien l'effet de l'eau bénite sur les êtres faibles, et en particulier sur les rois, pour désirer du plus profond de mon âme, faire abstinence de superstitions.

Le plus petit coin de terre béni par Dieu est bien supérieur à la terre bénite par les hommes. Pardonnez-moi cette pointe d'égoïsme. Ainsi soit-il.

Nous devons avoir souvenance des malheurs de l'Europe : la Pologne, l'Irlande, l'Espagne, l'Italie, toutes sont mortes catholiques; reste la France, la moins papiste; elle n'est pas morte, mais elle est bien malade; quatre-vingt-neuf fit la chasse aux loups, comme elle la fit aux faux dévots.

Les enfants de la louve eurent un mauvais moment à passer, mais ils se relevèrent plus grands que jamais avec une nouvelle organisation.

Dans un pays, ou plutôt dans une commune de trois mille habitants au plus, nous avions six et même huit églises; les loups avaient leur quartier-général à un demi kilomètre.

Aujourd'hui, dans le pays que j'habite, nous n'avons plus qu'une église; les loups deviennent rares! Que Dieu veuille qu'une nouvelle invasion du Nord ne fasse pas descendre d'innombrables quantités de loups, car adieu les récoltes!

Les loups et les bandits sont ennemis du progrès. Les contrées qui ont fait le moins de résistance à l'ennemi sont les villes où les enfants de la louve enveloppent de leur fausse morale toute la population.

Le deuxième fléau a pour nom renard. Le boutiquier ne connaît ni parents, ni amis; tous les vices pour lui sont des écus; il ne connaît ni enfants, ni vieillards. accumule les denrées coloniales pour entasser l'or.

Faites un emprunt, vous êtes sûr d'y trouver le renard; ce dernier enfouit les aliments, crainte de mourir de faim. Le boutiquier cache une bassesse d'âme, une sorte de vice qui doit disparaître en même temps que la disparition du renard.

Le boutiquier se marie lorsque la future lui porte dot; observons que les précautions sont toujours prises pour que la dot reste à lui en cas de mauvaises affaires. L'association du boutiquier c'est le mariage: le vol lui est plus facile, et le gain plus grand.

L'association est dévolue aux cœurs généreux et non au renard. Ce dernier fait la guerre à tous les êtres plus faibles que lui; heureux quand un boutiquier trompe un étranger sur la nature de la marchandise.

Le renard est bon père, bon époux. Le boutiquier, pour faire des affaires, jettera un voile sur la pudeur, peu lui importe la vertu, la chasteté; il abandonne même son pays, sa patrie, pour l'argent. Le renard a le regard demi ouvert comme le boutiquier. Regardez la femme, le chien le bœuf, la brebis, comme ils ont leurs yeux grand'ouverts; ils ont l'air de vous dire: regarde les yeux de la vérité, fais-en autant?

En général, tout ce qui est fidèle a le regard droit. J'ai voulu faire valoir des circonstances atténuantes en leur faveur; aujourd'hui il m'est impossible. Ni le boutiquier, ni le renard ne chassent l'homme.

Le boutiquier préfère son commerce, la patrie après. Le boutiquier crie beaucoup aussitôt que son commerce baisse ; le renard est de mauvaise humeur lorsque la nourriture fait défaut.

Le boutiquier parvenu à un degré de fortune prend le titre de bourgeois (lisez mulet).

Le commerce de chandelle, de nevalescière, d'eau chaude caramélisée, sous le pseudonyme de consommer, finit par lui donner la paix. Il commence par faire le pieux, chose agréable et facile ; il a une chaise à l'église, non pour la dévotion, mais pour s'y faire ~~voir~~ ; de même le mulet, qui tient beaucoup de son père l'âne, a maintes fois occupé des places d'hypocrisie. Où le mulet fait bien, c'est à un carrick, à un carrosse ; le luxe lui convient.

Le bourgeois adore les pièces nouvelles, les soirées, les bals, la comédie française ; la bourgeoise, les dentelles, les diamants, les châles de l'Inde : l'esprit est absent.

Le mulet n'aime pas la guerre ; il se contente de porter le matériel. Le bourgeois donne ses écus pour ne pas partir : nous l'avons étudié au siège de Paris ! Et l'analogie ne trompe jamais.

Le bourgeois aime l'honneur de la guerre, mais quand elle est faite par d'autres que lui. La mule regrettera un jour le char des papes ; j'ai entendu dire qu'elle désespérait, comme le bourgeois regrettera le roi de la bourgeoisie.

La mule n'est pas absolument stérile ; l'accouplement avec le mulet, l'âne, le cheval était connu des anciens. C'est un honneur pour la mule de s'allier à une famille comme le cheval ; heureusement pour l'humanité, que Dieu n'a pas voulu que la mule fasse souche ; de même, pour le bourgeois, il n'a pas voulu qu'il fasse souche, ni même alliance avec la noblesse.

J'ai connu à Paris des alliances de bourgeois enrichis avec des nobles ruinés ; il est vrai que cela n'était qu'une alliance d'argent ; n'importe, elle est presque toujours suivie d'un scandale qui forcerait l'homme d'honneur à une séparation. Du reste, l'homme d'honneur, le gentilhomme serait obligé de descendre d'un degré en épousant la fille d'un bourgeois enrichi. — Chose impossible.

(Le mot superbe de la France est : En avant). Le bourgeois qui fait vanité de cette alliance ne se doute guère que le canon de 89 qui rasa la Bastille la nuit du 4 août, qui brûla les titres de noblesse, met à défaut l'alliance des deux familles.

Quatre-vingt-neuf a donné un fort coup à la noblesse! La solidarité des peuples donnera la paix et le travail en donnant le deuxième coup par l'association. Dieu l'a voulu pour la noblesse, il le fera pour la bourgeoisie. En protégeant la France il n'oubliera pas l'Europe.

Dieu fait bien ce qu'il fait.

LA MOUCHE.

Un grand malheur pour les gouvernements est d'avoir la mouche ; le mal est connu sous la nomination de mouchard.

La mouche se faufile partout, maisons prostituées, églises, chez les princes, chez les papes, chez l'épicier, chez les banquiers ; sa marche est roulante ; gourmande, fainéante, l'heure des repas est inscrite sur leur calpin ; adroite à faire sauter la coupe ; amoureuse de l'orgie et de la prostituée ; abandonnant épouse et enfants ; portant lunettes pour se donner un air religieux ; ennemie du progrès comme le Romain et l'Anglais. Entrez dans votre cabinet de travail ; mettez-vous à écrire ! Vous êtes surpris par la mouche au trou de la serrure ; elle vient se poser sur les yeux, sur le nez pour espionner ce que vous faites. Allez dans votre jardin à l'ombre ! La mouche est là. Allez à l'église ! Une dame s'asseoit auprès de vous, c'est la mouche ; elle va recevoir la communion ! Vous êtes content d'être débarrassé. Mais regardez en face de vous, à gauche ! Ce monsieur, il vous regarde par-dessus ses lunettes ; c'est la mouche. Le misérable de la société.....

LE MOUTON.

Le mouton, on l'engraisse ; le rachitique ne sert pas à l'engrais.

Les tyrans ne prennent pas des hommes rachitiques pour en faire des soldats. Les grands, les gros, les forts, on les pause dans une caserne, on les fait instruire par des butors. Il est défendu au soldat d'aimer. On a des moyens plus expéditifs pour engraisser le mouton !

Après cela, deux tyrans, pour se donner un air guerrier, livrent à la boucherie le peuple (mouton).

Vous êtes-vous aperçu comme certains députés viennent passer leurs mains parfumées sur le dos du peuple (mouton) pour leur couper quelques kilogrammes de laine, c'est-à-dire pour obtenir du peuple quelques voix. Après le combat, les vainqueurs chantent une action de grâce pour remercier la Providence ; le soir, l'art culinaire vous donne un met de sa composition, ayant pour titre le nom de la bataille où le pauvre peuple repose dans la boue.

Les complices de la bataille portent un toast à la France, un autre au chef d'Etat. Or, le soldat passe le dernier ; les hommes à robe noire chantent un *Te Deum* dans toute la France, ce qui ne les empêche pas de dire que cela est bien fait.

Les pères et mères pleurent leurs enfants ; mais l'analogie passionnelle nous dit « qu'il y a revers de la madaille.

Les empereurs et les rois, pour se donner un air de grandeur, symbolisent les bêtes, qui le coq, qui l'aigle. Quant au coq, nous connaissons l'usurpation du mot gaulois ; l'aigle, c'est un vampire, oiseau de proie ; le mouton symbolise la douceur ; il faut qu'il le soit, puisque notre sauveur a pour compagnon un mouton, marque de douceur.

Quoi qu'il en soit, il y a antipathie entre le mouton et l'aigle, comme il y a antipathie entre le peuple et l'empereur. Jamais César ne protégera le peuple ; jamais l'aigle ne protégera le mouton.

LA BETTERAVE.

J'ai connu dans les gouvernements français des ministres de toutes sortes; à l'agriculture, des filateurs; à l'intérieur, des charbonniers, etc. Aucun n'avait la confiance de leur mission.

J'ai connu au Corps législatif des fabricants de machines, des raffineurs de sucre de betterave, exploitant les ouvriers du Nord de trois cent mille francs par an. Pauvre ouvrier! il est écrit que tu dois mourir à la peine. L'Anglais boit le sang du nègre en prenant le thé; le Français avale le sang de l'ouvrier du Nord en buvant son café.

Pourquoi voulez-vous que cela soit autrement?

La betterave, plante impure, fut un cadeau de Napoléon Ier au peuple français, comme complément de sa tyrannie. Le grand tueur d'hommes la prit sous sa protection au plus haut degré. Il ne faut pas avoir la gamme des sens complète pour chérir la betterave; elle a un tas de mensonges équivalents aux sept péchés capitaux. J'ai surpris chez la betterave cuite au four le parfum de la truffe; ignoble trafic d'une plante immonde.

La betterave marche de côté avec la prostituée; elle a ses goûts, sans couleur fixe; elle a pour coiffure, verte; son corps est rouge terne ou jaune pâle; rien ne la fait rougir comme la prostituée, sa voisine; rien ne lui fait baisser les yeux; le moindre baiser lui enlève la couleur.

La betterave a voulu faire concurrence à la canne à sucre, à la vigne, au café. La prostituée et la betterave savent bien que la République sociale ne protégera plus ni l'une ni l'autre.

La prostituée se donne un air de modestie; elle désire s'allier à une famille honnête. Je l'ai surprise bien des fois chez de grandes familles, comme j'ai surpris la betterave dans une foule de mets. A la prostituée, il lui faut les salons particuliers, les sofas moelleux, le luxe;

à la betterave, il lui faut une nourriture fine, les grandes cultures, du bon engrais; elle envoie ses racines perpendiculaires à l'axe pour absorber plus facilement le suc de l'engrais. La prostituée se charge d'envoyer ses racines pour absorber les écus du sot.

Le sucre de betterave donne des coliques, le sirop fermente, les confitures faites avec ce sucre ne sont pas de conserve; la prostituée inocule le virus siphilitique aux libertins.

POUR ÊTRE VAINQUEUR SUR LA PRUSSE.

Pour être vainqueur sur la Prusse, il aurait fallu démolir l'échafaudage de l'empire; c'était une opération facile, elle devenait impossible par la fausse morale qui gouverne la France.

La réforme que le gouvernement du 4 septembre aurait pu faire dans l'immense intérêt du pays, c'était de fermer la Bourse, source de toutes les fausses nouvelles, cela n'était que la millième partie de sa réforme. Les décorations ont pour titre : Ambition, au lieu d'avoir le titre : Honneur. Or, l'ambition et l'honneur sont antipathiques. La croix, emblème de la vertu, appartient au dévouement; aujourd'hui, tous les spéculateurs de fonds publics, les épiciers en gros, les marchands de farine en gros, les marchands de bouillon sont imprégnés de la croix : ambition (rouge).

Il y avait deux systèmes pour être vainqueur : le monarchiste et le républicain. Il n'aurait fallu qu'une chose: qu'un gouvernement des deux fût analogiste. Le premier consistait à mettre Paris en légions; les députés en tête de ces légions; de fermer toutes les boutiques; d'ouvrir des maisons de subsistances; de mettre les propriétaires en avant-garde.

Les ouvriers n'auraient pas supporté une pareille insulte ; oui, je vous le répète, les ouvriers n'auraient pas supporté une telle indignation ; ils auraient voulu faire de leur corps un rempart ; oui, il ne faut pas se le dissimuler, l'ouvrier a la dominante de l'honneur, puisqu'il fait l'honneur et la gloire de la France.

Le deuxième système : Si nous avions été en République reconnue et constituée, j'aurais dit à l'Allemagne: L'empire vous a déclaré la guerre, la République ne frappera pas sur ses frères : retirez-vous.... ou du moins non... , venez à Paris !

C'est avec le vin de France, le vin de la liberté, de fraternité, le vin de la religion primitive qu'on signera la paix. Acceptez, n'acceptez pas : les peuples jugeront. Les portes de Paris sont ouvertes ; deux hommes auraient été capables de désarmer douze cent mille hommes ; deux honnêtes hommes, deux grands génies, le citoyen F. V. Raspail et le citoyen A. Toussenel. Je sais bien aussi que les hommes de mon époque me diront : Il est impossible de faire cela.

Je vous répondrai une seule raison, sans autre forme de procès : Gardez vos hommes à contre-sens. Je suis tellement dans le vrai, que si vous désirez vendre un cheval entre parent, vous avez besoin d'un notaire ; si vous avez le malheur de ne pas faire vos affaires, vous avez besoin d'un avocat.

Ecoutons l'analogie passionnelle : l'avocat symbolise la sangsue ; la sangsue prend bien sur une personne saine ; elle se gorge avec plaisir du sang pur ; mais généralement elle ne prend pas sur une personne atteinte d'une maladie de peau. Voyez l'avocat comme il prend peine pour plaider une affaire où il y a gras ; comme il lâche prise lorsqu'il n'y a rien à gagner. Quelquefois vous faites double sottise : deux adversaires prennent le même avocat ; quelquefois aussi les mêmes sangsues servent pour deux malades différents, ce qui leur donne le plaisir de pomper plus de sang : double malheur pour un !

OBJECTIONS A L'EMPEREUR GUILLAUME.

Voyons, citoyen Guillaume! je me permettrai quelques objections. Je dois vous dire que nous avons en France une quantité d'hommes naïfs qui ont eu la faiblesse de dire : M. le prince de Bismarck est un homme intelligent. J'ai pour habitude de ne pas croire sur parole ; c'est pour cela, sire, que j'ai l'honneur de m'adresser à vous, dans le but d'obtenir une réfutation. Et je crois que j'attendrais longtemps si je ne faisais pas moi-même la réponse :

Vous êtes sang de roi, je suis républicain. Traitons la question impartialement et les peuples jugeront.

Je sonne l'attaque : Pourquoi n'avez-vous pas empêché l'émigration allemande ? Pourquoi que, sur cent Allemands que nous avons en France, quatre-vingts sur cent sont domestiques et vingt dans les bureaux ?

Votre peuple émigre parce que vous le rendez esclave. La quantité d'Allemands domestiques que nous avons en France prouve une chose : que les peuples sont obligés de passer par tous les degrés avant d'arriver au titre d'honneur.

Vous savez bien, sire, que vous n'avez pas de Français domestiques en Allemagne. Je vous le répète, empereur Guillaume : votre peuple a la domesticité pour dominante ; vous êtes le chef !!!

Vous détestez la France. Vos bijoux berlinois sont en retard de trois siècles sur ceux de Paris. Vos soirées impériales sont de simples soirées bourgeoises de Paris.

Pourquoi lisez-vous les livres français et que vous dormez sur les livres allemands ? Pourquoi que vos généraux se courberont toujours devant nos généraux français ? Le commerce, aimant la docilité et la domesticité, trouve chez l'Allemand la bassesse. Vous ne ferez pas d'un Allemand un artiste culinaire, un artiste distillateur, ni parfumeur.

Le travail intellectuel, le travail de science est dévolu à la France. Je vous le répète, vous n'avez aucun principe pour arriver à l'harmonie ; vous avez nos lois et une fraction des principes de 89 voilés par le manteau impérial.

Vos grands génies musiciens sont en retard avec l'harmonie française.

En qualité de républicain, je vous avertis : prenez garde, empereur Guillaume, d'aller trouver votre cousin complice des assassinats des peuples ! Prenez garde d'entendre un beau matin la réplique du tocsin de 89 dans les rues de Berlin ! Prenez garde que le peuple allemand ne vienne d'un moment à l'autre demander protection au drapeau de la République française, pour faire à Votre Altesse ce que vous avez fait à l'auteur du Deux décembre ! Prenez garde que le peuple allemand ne jette un pont sur le Rhin, pont de la fraternité, pour effacer la haine des peuples ! Tenez, votre punition commence : tout vieillard ne dort presque plus, tout homme qui a des soucis rêve. Les rêves des empereurs doivent être lugubres ; les nuits sont toujours trop longues ; il doit vous apparaître des femmes demandant du pain pour leurs petits enfants, des fils demandant justice de la mort de leur père, des fiancées réclamant ce qu'elles avaient de plus cher. Il me semble vous voir donnant de l'or, des pensions. Malheureux ! ne voyez-vous pas que l'or est couvert de sang, que la femme en a horreur et qu'elle ne pardonne jamais !

ERREURS DES ROIS.

Napoléon III fit de la France un temple de brocanteurs ; pour cela, il fallait entretenir six cent mille hommes. Les plus beaux, les plus robustes faisaient antichambre sous l'empire ; d'autres pourrissaient dans les casernes.

Peuple, que ton chef se nomme Louis XI, Henri V, Napoléon Ier ou Louis-Philippe II, tu auras toujours un tyran à nourrir. Pas d'armée, pas de roi.

Six cent mille hommes coûtent à la France trois milliards par an.

Protégez l'agriculture comme vous avez protégé la paresse du soldat, et dans dix ans vous aurez l'Europe française. Que de paroles en l'air pour la réorganisation de l'armée... Je doute beaucoup que Dieu pardonne à Messeigneurs les évêques de s'être mêlés de la réorganisation, et je doute encore plus que l'histoire impartiale les acquitte. L'avare, l'usurpateur Louis-Philippe Ier avait évité la guerre avec la Prusse. Napoléon III prit sa revanche, mais après avoir étouffé deux républiques : Malheur aux gouvernements qui braquent les canons sur une République ! Au lieu de faire de la France la capitale de l'humanité, des sciences, il en fit la ville de corruption, de dégradation ; il enrichit le domestique en l'entraînant à la paresse. Autant les domestiques avaient de l'honneur, de bonté dans le temps, autant ils sont devenus fainéants, vaniteux, sales, poltrons. Je doute que la domesticité se relève de sa dégradation.

Malheur au gouvernement qui abaisse le cheval ! Malheur, trois fois malheur au gouvernement qui fait fi de l'art culinaire ! Ce dernier est inconnu en Espagne, en Russie, inconnu en Angleterre, en Allemagne. Rome est un pays où l'art culinaire est complètement inconnu. Les nations qui dédaignent le cheval sont sur la ligne droite du déclin. Les têtes couronnées sont des hommes à contre-sens ; ils ont l'esprit novateur, affable ; au bout de quelques années tout est changé.

S'il plaît à un usurpateur de faire un plébiscite, vous y trouverez le loup, le renard, la vipère, l'âne, le mulet, le porc, le rat, la taupe, le blaireau, la mouche ; vous n'y trouverez jamais le chien, le bœuf, le cerf, ni *baleine*, ni lézard. Tout ce qui a de grands yeux est doué *d'une* intelligence supérieure et ne donne pas sa voix au meurtre.

Les lois de Dieu sont ainsi faites ; tout ce qui est vieux est une entrave au progrès ; aussi il les frappe de mort. Les planètes, les animaux, les végétaux saven qu'il faut mourir ; voilà la peur et les soins que nous prenons une fois malades.

L'art médical fait une faute énorme en changeant de médicaments pour chaque malade ; il a tout employé, depuis les excréments humains jusqu'au diamant.

L'art médical est un journal de mode ; ce qui sert aujourd'hui ne sert plus demain. L'hygiène serait préférable à la thérapeutique. Il y a entre l'art médical et l'art culinaire un abîme considérable : Les deux arts, jadis, furent entre les mains des esclaves ; l'art médical s'est élevé à raison qu'il a fallu pour être médecin en renom, de savoir le grec et le latin. Pourtant, j'ai connu des médecins incapables de reconnaître, dans un champ, le radis du navet, de reconnaître, au premier abord, le frêne du hêtre. La vie du médecin est un tâtonnement journalier qui doit disparaître du jour que les études anciennes tomberont pour prendre l'analogie. L'art culinaire est un art qui ne permet pas le tâtonnement. Nous n'avons ni poids ni mesure. Un homme qui est sobre dans tous ses sens doit avoir la science de l'invention sans le tâtonnement. Quel talent d'un artiste culinaire qui est obligé de satisfaire quelques cents personnes par jour. J'ai bien sillonné l'Europe, je ne connais qu'une ville capable de servir et de faire un dîner : Paris.

Nous avons en France vingt mille médecins environ ; chaque médecin a un système. Nous avons aussi sur la surface de la planète vingt mille religions ; ces vingt mille religions ont vingt mille couleurs, vingt mille drapeaux, vingt mille coteries. Réduisez ces vingt mille religions en une seule : religion de Dieu. De ce jour, je ferai partie de cette religion.

Nous n'en sommes pas bien loin ; la fin du XIXe siècle nous donnera bien autre chose. J'ai une croyance en Dieu, une profonde sympathie pour les personnes qui m'en parlent, mais le Dieu de la nature, le Dieu qui dit de s'unir pour avoir des descendants ; depuis les planètes jusqu'au ciron et plus bas, la loi de Dieu est la même ; je n'en connais pas d'autres : le beau et le bien, voilà ma religion. Combien de personnes sont devenues folles ! Combien de pauvres créatures ont commis de crimes ayant pour guide la religion !

ERREURS DES GOUVERNEMENTS.

Pourquoi n'avons-nous pas au Corps législatif des hommes muets? Et pourquoi avons-nous des myopes, des sourds, des bègues, des borgnes, etc.?

Le sourd et le muet feraient par écrit ce que nous faisons par le ressort de la parole; ce qui n'empêche pas de dire que les hommes qui ont un sens de moins dans la gamme, c'est un piano chez qui il manque une note. Il vous sera impossible de composer. Pourquoi voudriez-vous composer quelque chose de beau, puisqu'il vous manque des notes dans la première série de la gamme des sens? Allez bien à la source des faits; vous y trouverez que les hommes, qui ont fait de grandes sottises, étaient affligés d'une maladie dans la série de la gamme des sens. Or, tenons compte que nous avons plus d'hommes atteints que de femmes. La jeune fille, la prostituée qui donne sa jeunesse et sa beauté, est un être qui a le clavier des sens incomplet. La note Amour fait défaut. Le paysan a le sens du tact moins développé que l'homme de ville. Le tâtonnement, c'est la routine; c'est la pauvreté intellectuelle du paysan, ayant pour cause l'altération de la gamme du sens du tact.

Je ne sais pourquoi MM. les députés ne proclament pas cette réforme : Abolissez la prostitution; donnez à l'agriculture les chefs-d'œuvre mécaniques que vous burinez du nom de soldat; donnez aux enfants les écoles laïques gratuites; ne laissez jamais l'instruction entre les mains du jésuitisme; mariez vos enfants jeunes; ouvrez des écoles d'Arts-et-Métiers. Si vous retirez les enfants des frères pour les mettre entre les mains du jésuitisme, vous faites un mal pire; si vous ouvrez des écoles laïques et que vous donniez la même institution que chez les frères, ce ne sont plus des écoles laïques.

Il faut appliquer l'hygiène pour éviter le mal. Vous

tenez à garder la République, oui ou non? Non. Eh bien, alors on fera sur les enfants ce qu'on l'on a toujours fait. Voici le mal : De 1850, le chiffre des attentats à la pudeur contre l'enfance s'est élevé de 422 à 686. Les accusations ont été de 790 en 1858; or, depuis 1858, nous avons eu une grande quantité d'enfants retirés des mains des frères.

On compte environ huit mille communautés religieuses en France. De 1850 à 1856, nous avons eu 92 congrégations religieuses de femmes autorisées. Nous connaissons le chiffre des congrégations autorisées qui compte 140 maisons conventuelles; le chiffre des non autorisées est énorme.

Je le répète encore, messieurs les députés : abolissez tout cela du même coup en abolissant la servitude, la vanité, source du despotisme. Le peuple vous élèvera un temple de gloire à la postérité, Dieu vous bénira !!!

MORALE ET PHILOSOPHIE.

Toute mauvaise chose a son bon côté. Merci aux rois, à la noblesse qui ont élevé l'art culinaire à un degré que personne ne peut contredire le génie de cet art. Le brigand, le bandit, l'assassin des bagnes, le misérable de Sedan, l Hernani de Victor Hugo, le robbin Hood de Walter Scott, nous donnent une idée frappante du métier de cuisinier. Exemple : faites un jus avec des viandes de première qualité; ne soignez pas comme nous avons trop l'habitude de faire à Paris; tirez des sauces avec le jus mal conduit, vous n'obtiendrez que de très-faibles résultats, des sauces louches, de mauvais goût; le palais sera incapable de distinguer la première vibration de la gamme des saveurs. Tout le contraire lorsque vous faites un jus avec soin minutieux et que vous faites des sauces avec un jus artistement conduit, vous faites venir à la surface des sauces toutes les impuretés des os; vous dégraissez, vous passez à plusieurs reprises; vous devenez l'esclave de la sauce. A force de soins, d'instruction et de morale, vous obtenez une sauce de haut mérite, digne d'être servie à la table du grand Condé. Eh bien! prenez les personnages nommés ci-dessus; prenez les misérables qui sont cause de la guerre civile; prenez les faux dévots, cause des malheurs de l'Europe. Au lieu de les fusiller, au lieu de leur mettre chaînes aux pieds, conduisez-les comme nous conduisons les sauces; et, une fois que vous aurez écumé l'impureté de leur caractère, vous obtiendrez des hommes supérieurs en qualité, en bonté, en science.

L'agriculture, l'horticulture, la botanique — A force de soins, de culture, on parvient à rendre les pommes âpres en pommes douces; les fleurs simples en fleurs doubles; les légumes amers en légumes succulents. Les femmes transforment bien le caractère méchant des hommes en caractère sociable: quadrupèdes, volatiles, tout est transformé en bon par la douceur de la femme. Transformons nos assises, nos prisons en maisons d'épuration humaine; soyons bons, et le temps deviendra beau et bon. N'avons-nous pas honte de garder la guillotine dans un pays comme la France; de payer douze mille francs par an à un homme pour décapiter les autres! Est-ce que le rouge ne nous monte pas au front de voir la planète dans l'impureté depuis le dix-huit brumaire?

Prenez garde, messieurs les faux dévots, qui ne faites pas cas des lois de Dieu! Les planètes sont lasses de voir les habitants de la terre s'entr'égorger pour une place d'argent ou pour quelques mètres de terre. La planète-terre appartient à tout le monde; personne n'a droit de posséder ni d'acquérir. Cela sera encore bien longtemps, cela sera parce que nous avons vingt mille religions et que ce sont les religions qui sont les premières causes de notre fléau; et que ce sont les religions qui possèdent à elles seules plus que les peuples travailleurs; et que ce sont encore les religions qui s'occupent plus de politique que tous les gouvernements de l'Europe. Toutes les guerres entre les frères ont pour point de départ: religion.

En vérité, je vous le dis, vous qui portez des diamants, de l'or, des dentelles ; qui possédez des milliards en espèces, des châteaux, des plaines immenses ; vous qui ne donnez rien pour rien, je fais appel au tribunal sacré, au tribunal de Dieu de votre inconduite sur la terre.

ORGANISATION COMMUNALE.

La commune, c'est une subdivision d'un canton où la population est soumise à un régime monarchique ou républicain. Le conseil municipal est l'atome d'un gouvernement, ayant pour président le maire. Pourquoi un maire dans un pays, puisque vous avez le conseil municipal ? Ce que je dis d'un maire, je l'appliquerais à toutes les sociétés en général.

J'ai toujours vu et reconnu qu'un chef absolu (le titre ne fait rien à la chose) était une entrave au progrès. Je suis très-fâché de déplaire, mais il y a de l'écureuil dans les principes des maires. Libéral modéré, il est obligé, pour ses intérêts personnels et pour plaire à tout le terroir de la commune, d'avoir la boussole politique : trente-deux vents. Or, tenons compte que la boussole politique est un cercle vicieux, puisque toutes les lois sont à refaire et que les gouvernements en principes monarchiques ne concordent plus avec la France nouvelle.

Célestin Nanteuil a eu raison de dire : « Le vieux est l'ennemi du bien. » Oui, l'âge falsifie tout, et, lorsque je vois les vieux prendre épouse, je plains de tout mon cœur le sort de la jeune personne.

Il y a antipathie entre le jeune et le vieux. Ce sont les vieux les causes des révolutions. Quelle souffrance pour un jeune d'entendre un professeur lui baragouiner les principes d'un siècle en retard ! Quelle souffrance pour un peuple d'être sous le coup des lois barbares !

Les vieux s'imaginent que la France serait perdue s'ils

n'étaient pas là ! Détrompez-vous ! la France serait sauvée. Châteaubriand avait compris cela, il y a bon nombre d'années.

La première République chassa les rois pour ne plus avoir de maître ; elle prit Bonaparte qui fit le Dix-huit Brumaire. Dix-huit cent quarante huit prit Louis-Napoléon : il fit le Deux Décembre. Si le peuple, maître en février, avait eu la présence d'esprit d'abolir les présidences et les gérances (dites consulat), nous n'aurions pas eu Napoléon III et pas le massacre de la guerre civile ; la faute est à Lamartine : il était vieux.

Nous avons en France quatre sortes de gouvernements: le coq, l'aigle, la fleur de lis, la déesse de l'agriculture. Nous avons donc : Philippe, Bonaparte, Henri V et le Peuple. Le premier, c'est le bourgeois ; celui-là désire la soumission, accapare, évite la guerre, même quand l'honneur est engagé. L'aigle, le vampire, prend où il trouve, tombe sur la vipère comme sur le mouton, un agneau dans les bras de sa mère, se gorge du sang de sa victime, adore les hauteurs comme les rois adorent les châteaux. La fleur de lis, emblème de vérité (Henri V), ne peut sympathiser ni avec les rois, ni avec la rouerie romaine. Pourquoi dire Henri V est un méchant homme ? Pour mon compte, je ne crois pas cela. Malheureusement il a adopté le drapeau blanc et signé un pacte avec Rome. Or, le drapeau romain et le drapeau d'Henri V symbolisent l'esclavage : c'est l'obscurantisme, ce qui ne peut plus convenir à la France, à la République, à cause des trois couleurs : liberté, égalité, fraternité. Le quatrième gouvernement, c'est le peuple ; celui-là a pour ennemis : le coq, l'aigle et la fleur de lis.

Oui, le peuple a pour double ennemi l'hortodoxe, le protestant et le Romain. Le Romain, chef de bande de la fausse civilisation moderne, prononça le verdict contre Jésus de Nazareth ; il y a dix-huit cents ans de cela. Hé bien ! ne sommes-nous pas encore dans la même situation ? Tenez, jetons un voile et n'en parlons plus.

J'ai habité longtemps l'Algérie au temps où l'émir tourmentait la France. Je puis dire que je ne connais pas de plus mauvaise organisation que le régime militaire. Tout se perd : l'honneur et le cœur. Je dis honneur parce que le soldat qui ne doit rien avoir que l'honneur commence par accaparer, faire le commerce, falsifie les aliments, les médicaments, personne ne dit rien. Voilà à peu près le système du gouvernement de l'Algérie.

Depuis le 14 juin 1830, l'Algérie a été l'école du soldat et le berceau des maréchaux de France. L'Algérie coûte à la France cent millions par an et douze mille soldats ; le soldat que la discipline rend esclave ne pourra jamais rendre l'Algérie belle et libre : le duc d'Isly avait très-bien compris le mal.

MORALE.

Voyons ! pourquoi les habitants de la terre tolèrent les mensonges ? Nous entendons tous les jours dire : les religions sont pour les enfants. J'admets la chose vraie. Je me permettrai quelques objections : Pourquoi mentez-vous alors ? Pourquoi faites-vous apprendre aux enfants des livres remplis de mensonges ? Pourquoi leur parquer le cerveau de superstitions ? Pourquoi enveloppons-nous les idées des enfants d'une fausse morale jusqu'à l'âge de douze à quatorze ans ? Les jeunes filles succombent plus facilement que les garçons. La femme ressent plus facilement à cause de sa constitution ; elle est victime la première. Pourquoi pas leur montrer la religion de Dieu ? Les saints du paradis ont plus rendu de femmes esclaves que les cours d'assises ; le serpent, le diable, l'enfer ont fait plus de mal que le mercure et l'arsenic. Permettez-moi encore une objection : Pourquoi faut-il au soldat le tabac, les liqueurs fortes, les religions, l'argent, la flatterie et l'ambition ? Si vous tournez la chose, vous trouverez le même système, Aux chefs des religions, il leur faut les liqueurs fortes, le soldat, la flatterie, le tabac et l'ambition.

N'avons-nous pas vu les francs-tireurs en partance

ayant avec eux dans leurs rangs le prêtre, la gourde remplie de liqueurs fortes, les poches pleines de tabac, demandant de l'argent à toutes les portes. N'avons-nous pas vu sous l'empire le maréchal Canrobert soutenant la religion comme un cardinal ! Avez-vous vu Mgr l'évêque d'Orléans comme il prit une part active à la réorganisation de l'armée ! Voyez le général de Lamoricière à la brèche de Constantine ! le voyez-vous dans les champs romains contre la liberté !

Je ne connais pas d'histoire plus répugnante à traiter que l'histoire des sept poisons : le tabac, le soldat, les religions, les liqueurs fortes, l'argent, la flatterie et l'ambition, la gamme des malheurs.

Encore un mot d'analogie passionnelle : Savez-vous pourquoi l'Eglise n'a pas gardé le monopole de l'enregistrement civil ? C'est parce que l'Eglise n'a pas la gamme du mariage. Remarquez à la mairie quel chef-d'œuvre que la loi de la nature. Retirez une personne de la gamme du mariage, elle devient nulle devant les hommes. Exemple : il faut le chiffre sept ; quatre témoins, le futur et future et l'adjoint ; total, sept : chiffre complet de la série.

JALOUSIE.

J'ai de la sympathie pour tous les peuples. J'ai un certain dédain pour les personnes qui portent sur la tête, comme le Breton qui se bat à coups de tête, comme la génoise qui porte sur la tête. Les forts de la halle portent sur le cou et le dos ; je les crois plus intelligents. La compression du poids exerce sur les nerfs un engourdissement du cerveau. Dieu ! que les gouvernements ne sont pas analogistes.

Prenez le peuple des frontières de France. Vous serez surpris de voir que ce peuple travaille au métier le plus pénible, comme le Savoyard, le Belge, le Piémontais, l'Espagnol, et à moitié prix. Car pour devenir Français il faut passer par toutes les misères de la vie sociale.

Je vous le répète, la France a pour mission d'éclairer les peuples ; elle a pour mission de juger le beau ; elle a pour double mission de poser le sceau d'enregistrement comme marque de fabrique.

Je me souviens des paroles de l'empereur de Russie à l'Hôtel-de-Ville : « Nous sommes de petits bourgeois contre cette bonne ville de Paris. » Pourquoi cette ville est bonne autocrate du Nord ? Parce que cette ville est républicaine.

CLASSE A DÉTRUIRE.

Il y a en France une classe qui, d'un moment à l'autre, doit disparaître ; cette horde, nous la nommerons buveurs de sang. Le rat, la taupe, la vipère, la mouche, l'écureil, etc., font partie de cette classe à détruire. Comme le progrès détruira ces faux dévots, ces manipulateurs de poison, ces hommes fainéants qui suivent les armées, vendant de l'alcool de betterave, du pain au prix de l'or, fouillant les poches du soldat mourant. Pauvre soldat, pauvre peuple abandonné dans les tranchées, après avoir servi la patrie, donné ton honneur, ta vie, il faut que le misérable vienne te donner le coup de grâce pour compléter l'horreur de la guerre !

Le rat est très-friand du cadavre de l'homme ; il lui mange les yeux ; sa dent est terrible, venimeuse. J'ai connu à Paris des hommes mordus par les rats ; ils furent obligés de cesser le travail.

L'homme-rat est très-friand de l'or ; il fouille dans le cadavre du soldat pour trouver une médaille donnée par sa mère, une croix donnée par sa sœur avec espoir de revoir son cher frère, ou bien une montre donnée par le père, dernier cadeau de famille à ceux que l'on aime. Ces hommes-rats reviennent dans leur pays, couverts de gloire, ouvrir des maisons de bouche pour entretenir le capital de l'argent volé : race à détruire aussitôt que l'homme quittera le chassepot pour prendre la charrue.

La postérité tiendra compte de l'idée de l'auteur de l'Esprit des bêtes ; et le peuple pardonnera beaucoup au vainqueur d'Isly, en récompense d'avoir prononcé, dans un discours sublime, ces paroles solennelles, le 7 janvier 1840 : « A l'abolition de la guerre, à la transformation des armées destructives, à l'armée productive ! » Il est très-rare de rencontrer de plus belles paroles dans la bouche d'un guerrier.

FRANÇAIS INDIGNES DE CE NOM.

Durant le siége de Paris, j'eus l'occasion d'observer une foule d'incidents graves commis par des français. J'étais chef de cuisine au Passage des Princes (maison Noël), une des maisons de Paris très-entêtée de vouloir rester ouverte à n'importe quel prix. Nous achetions, de temps à autre, des viandes de bœuf provenant des ambulances ; cette viande était destinée aux malheureux soldats blessés : maudit trafic.

Une circonstance à démontrer fut celle de la rentrée de l'ennemi dans Paris. Le renard et le mulet eurent à cœur de rester fermés un seul jour ; aussi quelques restaurants restèrent ouverts.

Le restaurant Balvet, pavillon le doyen, aux Champs-Elysées, fut celui qui ouvrit les portes à deux battants aux officiers prussiens. Pourquoi voulez-vous que cela fût autrement? La France a pour dominante trafic au lieu d'avoir honneur, gloire.

Je fus présent, il y a douze ans, de quelques paroles sorties de l'organe du prince Jérôme Napoléon : « Nous sommes venus en France, disait-il, pour prendre de l'argent et non pour en donner. »

M Lourdault, gérant de la Société des cuisiniers de Paris, où la coterie a toujours été l'éteignoir du progrès, disait une pareille insulte : « Je suis parmi vous, mais à une condition : c'est de faire mon affaire pour mes vieux jours » En général, toutes les sociétés philanthropiques ont un vice capital : c'est d'avoir un chef.

Sous l'empire, il fallait que le président des sociétés philanthropiques fût complice des sottises du gouvernement.

Il y a huit ans, je disais : Si la France fait un emprunt, je compte sur trente milliards. Cela prouve une fois de plus que, quand il plaira à la France de désarmer complètement, l'Europe sera forcée à désarmer. Ce jour n'est pas éloigné. Un mauvais coup se donne sans préméditation ; pourquoi qu'une bonne action aurait besoin de réflexion ? Les sots et les imbéciles disent . Nous serions dans une guerre civile épouvantable. Quand nous avons la guerre civile, ce n'est pas le peuple qui en est la cause.

Demandez aux Vieux ?

MALADIE DE LA TERRE.

L'analogie nous dit : « Tu ne vois pas que la terre est atteinte d'une maladie vermineuse, que cette vermine lui dévore les entrailles ? »

Les hommes, en leur qualité de despotes, de vieux routiniers, s'imaginent que la terre produira toujours assez pour eux. Certes, la terre ne demande pas mieux que de satisfaire les lois de Dieu : de produire. Mais faut-il encore que l'homme soit prévoyant. Il a abattu les forêts qui devaient lui protéger les récoltes contre les vents du Nord. L'homme a détruit tout le gibier de France. Aujourd'hui, le trente fructidor, il poursuit attentivement la destruction complète des petits oiseaux; ces derniers ont mission de protéger la récolte, l'homme détruit tout. Dieu est un puissant organisateur; en donnant à l'homme le lion, la vipère, le moustic, le ver solitaire, il lui fit un cadeau suprême en bonté équivalent au mauvais. Il lui donna le cheval, la vache, le chien, la baleine; il n'y a pas à en douter, il fit cela; car s'il avait choisi le bon et qu'il eût gardé le mauvais, l'homme n'aurait plus rien fait sur la terre.

A la première apparition de l'homme sur la terre, il y en eut de forts et de faibles; les grands et les forts exploitèrent les faibles. Le mal prend racine plus facilement que le bien; car aujourd'hui encore les grands et les forts exploitent le faible.

Moi qui, depuis trente ans, supporte la tyrannie des sots avec une répugnance invincible, je disais : ne cherchons pas à faire des révolutions à mains armées. Puisque le créateur fit les hommes égaux sur la terre et que ce sont les intempéries et les gros scélérats qui les ont forcés à devenir despotes, ils doivent venir bons avec un peu de morale et de patience.

L'homme est le chef d'atelier de la planète-terre; il a pour mission de faire disparaître ce qui est mauvais pour posséder un jour le clavier de l'harmonie. Malheureusement il quitte la pioche, la charrue pour courir après une bergeronnette, un rossignol le compositeur des bois, l'Aubert, le Rossini des buissons. L'homme fait aux oiseaux ce qu'on lui fait : il les emprisonne.

J'ai eu pour compagne un moineau au temps où l'usurpateur Napoléon III était maître de l'Europe; l'amitié du moineau dura cinquante-huit jours; tous les matins il venait prendre sa nourriture sur les bords de la croisée du prisonnier. Un beau matin, les portes me furent ouvertes; la première idée fut pour mon moineau. Je saluai ma dernière demeure comme témoignage de sympathie envers celui qui, tous les jours, me portait l'espoir de la liberté. J'écrivis sur les murs : Vive la République. Revenons aux oiseaux. Il est impossible que l'homme puisse empêcher les insectes et la vermine de détruire la récolte sans le concours des oiseaux; il est difficile que l'homme empêche le vol des campagnes sans le concours du chien.

Or, tenons compte que le chien monte la garde toutes les fois que son maître est là ; mais, du moment que vous abandonnez le chien pour défendre la propriété et les écus, il n'a rien à faire de tout cela. Il est moins intéressé que le maître, puisqu'il donne sa vie pour le défendre.

Malheur à celui qui désirerait entrer dans la demeure quand le maître est là ! Le chien n'a rien à lui, que l'honneur. Faites-en autant, civilisés !

CRI D'HUMANITÉ.

Si page a été difficile à écrire, pour mon compte, c'est bien celle-là. Je l'aborde avec conscience à ne rien dire de trop pour ne pas épouvanter le peuple, mais pour avertir les gouvernements, de n'importe quel parti, que la ruine de la France est à nos portes. Je bats en brèche sur le même point pour forcer la routine à capituler. Le cultivateur, cet artiste des champs, fut esclave des seigneurs très-longtemps ; aujourd'hui, il est esclave de la bourgeoisie. Ils restèrent longtemps aussi pour avoir quelques avances. Le travail, qui ne donne pas bénéfice, devient répugnant. Le fils du paysan quitte père, mère et champs pour aller demander du travail aux villes ; dans ces dernières, on y gagne davantage ; le travail y est moins pénible. Or, tenons compte que le paysan est très-ignorant ; mais, pour ses intérêts personnels, il a la dominante de l'égoïsme. Les villes manufacturières, industrielles, villes de guerre, sont celles qui retirent les cultivateurs des champs. Les petits-fils, à leur tour, entrent pour la plupart dans la magistrature : avocats, notaires, huissiers, ou bien prêtres, médecins — tenir compte que l'Etat a choisi ce qu'il y avait de meilleur, de plus beau pour en faire des soldats. Reste la deuxième catégorie : les fils des boutiquiers, des bourgeois ;

ceux-ci, comme le mulet, n'aiment pas la guerre et encore moins le travail. Nous venons de voir ci-dessus leur profession ; or, tenons bien compte que le paysan n'est pas sot ; il vous l'a montré, puisqu'il vous a dit : Je travaillerai de huit heures du matin à cinq heures du soir. Si vous avez le malheur de faire une observation, il vous quitte. Et pourquoi vous quitte-t-il ? C'est parce que vous êtes son maître et qu'un maître est un tyran. Cela n'est encore rien, comparé au mal futur. Et lorsque le paysan ne voudra plus travailler que trois jours par semaine ; et lorsque le paysan ne voudra plus travailler que pour vivre, que ferez-vous, messieurs les boutiquiers, les bourgeois ? De quoi vous nourrirez-vous ? Et vous, messieurs des gouvernements, qui avez mission de protéger les peuples travailleurs, vous avez fait une grande faute, comme la révolution de 1848. Vous avez ouvert les portes à deux battants aux seigneurs et à messeigneurs les évêques sur la scène politique ; oui, voilà le fléau, voilà l'avant-garde de l'épidémie. La famine de la France est à nos portes. Le paysan se croisera les bras, vivra de rapines : voilà la vengeance des travailleurs. Le silence sera le malheur ; il fera de la plus belle contrée du monde le désert absolu. Encore une fois, que ferez-vous, messieurs des gouvernements de l'Europe, messieurs les seigneurs réchauffés ? Messeigneurs les évêques, où irez-vous ? vous, les apôtres de Jésus-Christ le républicain ! Vous serez les seuls coupables de la perte de mon beau pays.

Les institutions du clergé romain et les institutions républicaines sont antipathiques ; il y a antagonisme terrible entre le clergé et la France nouvelle. Je vous le dis les mains jointes : j'implore votre sagesse, j'implore votre retraite de la scène politique. Il est impossible que vous réduisiez la France au degré de l'Espagne. Et vous, messieurs les législateurs, faites entendre les sublimes et saintes paroles de : « Vive la République » ; proclamez du haut de la tribune la déchéance des rois. Ce jour-là, les nations de l'Europe répèteront le même cri de gloire ; l'écho parviendra jusqu'à nous ; la France reprendra son rang d'honneur, et les peuples auront confiance en vous. Vous pouvez sauver la France ; cela ne dépend que de vous. Si vous ne le faites pas, l'ouvrier, cet artiste, celui qui fait l'honneur de la France, quittera la terre des sciences ; la France ne sera plus.

Le paysan, à son tour, pour faire le vide autour de nous, pour accomplir sa terrible vengeance, se moquera d'être Russe comme Américain. Sil lui plait, au paysan, comme il possède une vol nté de fer, il le fera, soyez-n sûrs.

ANALOGIE DES COULEURS.

On ne s'est pas aperçu que les couleuurs ont de g andes qualités ; elles ont leur bonté, leurs vices. La couleur blanche et la couleur noire sont antipathiques ; c'est justement cette antipathie régnante qui fait la bonté des deux couleurs, une fois réunies. La couleur noire se charge d'odeur, de calorique, de miasmes épidémiques. La couleur noire et la couleur blanche constituent la couleur grise ; leur qualité est bien connue : la potasse, les cendres, le sel de cuisine, le perdreau gris, la gélinotte, le rossignol, la truffe, le café, etc. La potasse, les cendres doivent préserver la vigne de la maladie ; le sel purifie le corps et double les récoltes ; le perdreau, la gélinotte donnent des forces, activent la convalescence ; le rossignol réjouit l'âme ; les truffes donnent du ton ; le café donne de la science et une grande philosophie. Le chien-mouton, le cheval blanc ont une certaine tendance à l'esclavage. Avez-vous vu nos chevaux g is-pommelé des omnibus de notre capitale, avec quelle force, avec quel courage ils remplissent un travail pénibl : contraction du blanc et du noir. Du moment que le blanc touche au noir, vous pouvez être certains que le piége à esclaves est là Les soldats vêtus de noir sont libres. Les nations qui ont le drap au blanc sont des peuples esclaves. Napoléon Ier avait un coursier blanc : il abandonna son armée à Moscou : il fut l'esclave des Anglais. Les hommes à cheveux blancs sont esclaves après avoir été libres. Le voleur de grand chemin dort le jour ; la cocotte de Paris fait du jour la nuit. Cette dernière que Dieu a mise à côté de l'homme comme une des plus belles créatures ; et les civilisés ne rougissent pas d'entretenir dans leur maison ces pauvres filles pour donner certain succès à leurs cabinets particuliers. Je fais appel aux citoyens députés, pères de famille, de faire fermer les restaurants de Paris à minuit ; en cas de récidive, de les faire fermer pour trois mois. Je n'ai jamais vu autant de prostitution que sous le régime de la Défense nationale ; aussi la prostituée n'est pas républicaine ; elle préfère les rois. Avec l'argent des peuples, les rois dansent et la prostituée roule voiture en attendant l'hôpital. Reprenons l'analogie des couleurs : l'arsenic frappa l'auteur du dix-huit Brumaire ; les neiges furent la cause de la retraite de Moscou (blanc). L'ours blanc est esclave des mers glaciales ; l'œuf est l'esclave de la poule ; le vieillard à cheveux blancs se laisse conduire partout où l'enfant désire. Le lys, emblème de vérité, engendre l'esclavage ; il a fraternisé avec le drapeau blanc ; aussi ils ont rendu le peuple esclave durant des siècles. Qui a perdu Napoléon Ier et Napoléon III ? Le boutiquier et le bourgeois, c'est-à-dire le drapeau blanc ; car, disons de suite que le socialisme chez le boutiquier et le bourgeois enrichi est encore inconnu. J'ai vu, sous l'empire, de vieux généraux courber leur tête blanche devant le prince impérial. Partisan de la politesse au plus haut degré ; mais faire de pareilles bassesses auprès d'un enfant, je dirais : Français, tu abaisses tes gloires et les immortels principes de 89. Tu es esclave !

Encore un mot sur la vertu du sel de cuisine. Le marin est beaucoup plus courageux que le soldat. Si j'avais été appelé à être soldat et que la chance fût pour moi, je n'aurais jamais tiré un coup de chassepot sur une ville. Le canon, emblème du brutal, doit disparaître même des mains du soldat ; car, il faut le dire, nos généraux français ne sont pas analogistes ; ils ont une routine pour faire la guerre. J'aurais coupé les lignes ferrées ; j'aurais alimenté la ville assiégée de toutes sortes d'aliments ;

j'aurais supprimé tous les aliments salés; une extrême surveillance aurait été faite, pour que personne ne fît passer du sel aux assiégés. Or, la truffe, le perdreau, etc., privés de sel, est un mets fade, incomplet. La ville assiégée manquant de sel, la vermine s'y engendre, le courage fait défaut. Le sel manquant dans un fort, c'est le tombeau, c'est la capitulation. Voilà pourquoi le marin est plus courageux et plus libre que le soldat. J'ai payé à Paris 0,60 c. le kilogramme de sel (mauvais augure). Tout le progrès d'une nation est dans le sel. Les régiments de zouaves, de chasseurs firent le succès de l'armée d'Afrique, grâce aux Lorrains et aux Alsaciens, pays de sel.

Quels sont les hommes qui se sont le mieux comportés devant l'ennemi? Le Lorrain, l'Alsacien, pays de sel. Depuis que les fils des bourgeois enrichis ont introduit leurs mains fines et parfumées; depuis que ces messieurs ont introduit l'art de se laisser pousser les ongles sous forme d'une pelle à graines (armoiries des épiciers), les deux régiments d'Afrique ont perdu leur valeur courageuse. Le sel donne l'intelligence, développe les parfums. Les sauvages de certaines contrées de l'Afrique font des centaines de lieues pour avoir du sel. Les ruminants, qui rendent de si grands services à l'homme, lèchent les murs imprégnés de salpêtre; ils sont forts, courageux, bons. Le gibier, les plantes, nourris au bord de la mer, ont une qualité supérieure. Le sel sert de contre poison. Les maux de tête sont inconnus chez le marin. Le sel neutralise l'action vénéneuse des champignons. Les pêcheurs, les mangeurs de poisson salé ont un caractère docile, bon, généreux. Sous une république, le sel devrait coûter quatre centimes le kilogramme, puisque Dieu le donne tout fait sur les rochers et pour rien.

NOM DE CIRCONSTANCE.

J'ai souvent entendu parler des *communards*. Lorsque

dans la salle de musique à Monaco on me fit apercevoir que ce mot n'était pas français. Les communards, me dit la personne, sont les malheureux qui ont bien d'autres noms : enregistrez-les comme bon vous semblera.

L'assassinat d'Henri IV, la communarde fut son épouse Marie de Médicis complice.

Les malheureux furent ceux qui firent brûl r l'*Emile* de J.-J. Rousseau.

Les malheureux ou communards furent ceux qui enlevèrent les restes de Voltaire et de Rousseau dans le courant d'une nuit obscure pour les enfouir dans la fange.

Les malheureux communards furent les quinze capitaines de vaisseau qui amenèrent leurs pavillons à Trafalgar plutôt que de mourir à leur poste (*).

Les communards furent ceux qui ont assassiné l'archevêque de Paris.

Les communards furent l'assassinat juridique du duc d'Enghien, l'assassinat juridique du brave Ney, l'assassinat du brave général Brune.

Les malheureux furent les capitaines de vaisseau qui perdirent le combat d'Aboukir avec préméditation.

Les communards furent ceux qui livrèrent Paris, les parvenus de l'Empire Ier.

Les communards furent ceux qui prononcèrent le verdict contre Jésus de Nazareth.

Doubles communards sont ceux qui ont organisé les capitulations des villes, en particulier Paris, contre la bravoure des citoyens français

Les communards furent ceux qui mirent le feu dans Paris pour exciter le peuple à crier « Vive le roi. »

(*) En 1871, j'ai connu à Hyères un homme que le temps a rendu presque aveugle. Cet ho me avait assisté au combat de Trafalgar. Il m e disait : « J'ai vu des officiers se cacher dans la batterie ; j'ai vu des seconds-maitres dire aux officiers, le pistolet au poing : Sortez ou je vous tue. » Cet homme demeurait rue du Lavoir ; tout Hyères le connait. M. Mahaut.

Les communards furent les auteurs du dix-huit brumaire, du deux décembre, etc , etc.

Je ne vous nomme que les meilleurs ; je vous ferais rougir, vous, Français, en vous nommant les plus coupables.

PREMIER DIALOGUE.

Paysan et Socialiste.

LE PAYSAN.

J'ai entendu dire que nous allions être tous soldats. Et comment ferons-nous si un jour la Russie ou l'Angleterre nous déclare la guerre ?

LE SOCIALISTE.

Il nous dira le motif. Personne en France ne sait pourquoi nous avons eu les guerres de Crimée, d'Italie, du Mexique, de Chine. Plus un peuple connaît le maniement du fusil, plus il est esclave. Oui, l'escave fait le soldat. Lorsque les rois coalisés prirent les armes contre la France, du Nord au Midi, le tocsin de 89 se fit entendre, nos pères fermèrent leurs maisons et l'ennemi fut écrasé.

LE PAYSAN.

Pourquoi n'avons-nous pas gardé la République ?

LE SOCIALISTE.

La République, c'est le travail ; tout le monde travaille et tout est échange. Sous une royauté, il faut que tu travailles pour nourrir le roi et sa famille.

LE PAYSAN.

Je désirerais que tu m'instruisisses sur les noms de budget, finance, impôt.

LE SOCIALISTE.

Au quinzième siècle, Jacques Cœur était l'argentier du roi ; c'était, en un mot, le marchand de bric-à-brac : argent, collier, monnaie, etc., tout était fourni par Jacques Cœur. Le roi prend un homme de sa trempe en disant : Je te nomme ministre des finances. Cette place est très-recherchée. Cet homme ne fait rien, mais il est bien payé. Il prend un nombre considérable d'employés pour tenir les livres. Tiens compte que si tu désires jeter un coup d'œil sur ces derniers, ni toi ni moi n'y comprennent rien. Le bout de l'an arrive ; le ministre des finances vient prêcher misère chez le roi ; ce dernier commence par le calmer et lui dire : Nous allons imposer cinq francs par an sur chaque tête française. Voilà les finances.

LE PAYSAN.

Le budget n'est pas la même chose ?

LE SOCIALISTE

Tu ouvres le dictionnaire français. Budget veut dire : Petite poche (mot anglais), c'est-à-dire que l'argent du pauvre peuple entre dans la poche des grands. Tous les ans, le ministre des finances vient redire au roi : Je ne puis plus marcher, je n'ai plus le sou. — Combien avez-vous dépensé en plus ? — Cinquante millions. — Eh bien ! nous allons faire une augmentation dans les imposables. Nous nommerons cela les centimes additionnels. Personne n'y comprendra rien et personne ne réclamera : s'ils réclament, on leur dira : Payez et vous réclamerez après. Si l'année suivante il y a trop de dépenses comparées aux recettes, vous faites trois fois plus de centimes additionnels. Voilà le budget réduit le plus simplement possible.

LE PAYSAN.

Et l'impôt ?

LE SOCIALISTE.

L'impôt est un mot latin qui veut dire : Poser sur. Chaque citoyen doit payer de son travail une petite somme à l'Etat, toutefois qu'il en a de trop pour vivre ; mais du moment qu'il n'en a pas assez, c'est un vol que de lui faire payer l'impôt.

LE PAYSAN.

Mais à quoi sert cet impôt ?

LE SOCIALISTE.

L'impôt sert à payer une classe de gens de bureaux, des commis, des fainéants qui, quelquefois, ne sont pas toujours polis. Ces gens ont une retraite, et toi qui payes impôt, tu as l'hôpital.

LE PAYSAN.

Comment faire pour se débarrasser de cette chaîne ?

LE SOCIALISTE.

Tu as le levier pour soulever le monde : le suffrage universel.

DEUXIÈME DIALOGUE.

Les Religions assemblées.

LE CATHOLIQUE.

J'ai eu l'honneur de vous convoquer en assemblée générale pour délibérer sur l'avenir des religions.

L'ASSEMBLÉE.

Très-bien.

LE CATHOLIQUE.

La besogne est difficile ; il faut que nous apportions tous le plus grand calme et chacun de nous un extrême dévouement.

LE JUIF.

N'avons-nous pas fusionné toutes les religions ensemble pour étouffer le cri des peuples !

LE PROTESTANT.

Il faut serrer les rangs.

LE MAHOMÉTAN *(en colère).*

Par Mahome ! je crois que vous nous ferez manger le pain bien dur.

LE CATHOLIQUE *(avec calme).*

Nous en aurons toujours de tendre pour nous.

LE MAHOMÉTAN.

Écoutez, écoutez. La religion mahométane est toute moderne ; grâce à elle si nous sommes dans un abîme. Depuis longtemps nous flagellons les juifs, ce qui n'a pas empêché les catholiques de nous administrer de fameuses trempes. (Sentiment d'approbation sur plusieurs bancs).

LE MAHOMÉTAN.

Je commence à me fatiguer, et je déclare dès aujourd'hui mettre à jour les entraveurs du progrès. Les religions sont des attrappe-sous, constituées par la coterie.

QUELQUES VOIX.

A l'ordre !

LE CATHOLIQUE.

Vous ne pouvez nier la bonté évangélique des papes.

LE MAHOMÉTAN.

La bonté des papes et la bonté des rois furent en tous temps substance rare. Permettez-moi de vous citer quelques exemples : Marcel II, pape, élu en 1555 ; homme bon, républicain ; sa première réforme fut les abus ; il ramena l'église primitive. Elu le 9 avril, il expirait le 30 du même mois. — Clément XIV (François Laurent Ganganelli), ami des ouvrages de Voltaire et de Rousseau, philantrope sous la tiare ; il abolit la Société de Jésus, cette confrérie de gueux ! Il prémédita la dissolution. Un jour, le doyen du Sacré-Collége lui demanda s'il acceptait la papauté ; il répondit « qu'on ne devait ni la désirer, ni la refuser » ; et il dit à quelques cardinaux : « Il faut que cette place ne soit pas actuellement bien excellente, puisqu'on en charge un pauvre religieux de Saint-François. » On ne savait comment interpréter un placard qu'on afficha au palais du Saint-Père, et qui contenait ces cinq lettres : I. S. S. S. V. Lorsqu'il dit lui-même sur le champ, que « le siége en septembre sera vacant » (*in settembre sera sede vacante*). Elu le 19 mai 1769, il expira le 22 septembre 1774, à sept heures du matin. Il fut empoisonné.

« J'ai horreur de dire, s'écriait le pape Victor III, (XIe siècle), combien honteuse fut la vie de Benoît IX, mon prédécesseur, combien elle fut dissolue, détestable, souillée de meurtres, de vols et d'abominations de toute espèce ! » C'est un pape qui flatte un autre pape.

Les papes incrédules, empoisonneurs, libertins ont vécu longtemps. Parlons un peu du pape Paul III, de

Jules II, de Jean XII, de Boniface VIII, d'Alexandre VI qui avait cinq enfants quand il fut nommé pape en 1492.

Enfin, sur 257 papes que nous avons eus, sept à huit furent honnêtes. Oui, je déclare vous aimer tous comme des frères ; mais, du jour que vous voudrez me faire croire aux miracles, je dirai que vous êtes les éteignoirs du progrès.

LE CATHOLIQUE.

Je crois sur parole les idées du frère mahométan, à une condition : que, s'il est possible que Dieu donnât ses ordres à Jésus de Nazareth pour faire des miracles, il faut admettre que sa mère le fit sans le secours des lois de Dieu. (Murmures au centre de l'assemblée).

UNE VOIX.

Dieu est grand !

LE MAHOMÉTAN.

Oui, Dieu est grand ; j'admets sa bonté fraternelle ; je fais éloge de sa patience. Dire que Dieu a donné un privilége à un plutôt qu'à un autre, c'est en faire un coupable. Non, Dieu n'a fait qu'une loi, n'a jamais fait de miracles ; et si je ne craignais pas d'être un imposteur, je me déclarerai son défenseur.

LE JUIF.

Toutes vos belles paroles ne rempliront pas vos coffres-forts. Je prête aux gouvernements des sommes considérables. Vous abolissez l'armée : vous me coupez les bras. Je me vois obligé de travailler.

LE CATHOLIQUE.

Ce que vous venez de dire a sa justesse ; mais il faut bien que le prêtre vive de l'autel. Tous les dimanches, les bonnes femmes m'apportent leur obole, les enfants des.. ..

. . . .

(Un éclair, suivi d'un craquement formidable, mit fin à cette tour de Babel. Sur les murs, on lut : République universelle. Sur les colonnes étaient écrits en let res d'or: 1789, 1830, 1848, 1871. Sous la frise, on lis it : La paix sera l'arme des peuples, les rois ont fait leur temps. Femme reprend ta grandeur ; l'enfer et le diab e n'existent plus ! — Une deuxième lueur bleuâtre passa devant l'assemblée ; les murs de l'édifice disparurent. On vit au loin les nations, musique et drapeaux en tête, venant proclamer Paris capitale de la République universelle. De ce jour, les noms des rues, des ponts qui ont pour titre de gloire : Austerlitz, Wagram, Solférino, Sébastopol, Iéna, disparurent par la volonté du peuple français réuni sous le drapeau fraternel !)

LES HONNÊTES GENS.

Les plus honnêtes ne sont pas toujours ceux qui suivent les processions ; les plus honnêtes ne sont pas ceux qui font un état ignoble pour amasser. L'homme qui se dit républicain et qui amasse des millions est un faux dévot sous la bannière de la République.

L'honnête homme est celui qui élève ses enfants sur le chemin de l'honneur ; le plus honnête est celui qui partage les joies de la famille Demandons à l'homme de quel droit se permet-il de tromper son épouse ? Dieu a donné de grands yeux à la femme pour qu'on puisse lire la franchise, la fidélité. La femme a une mission, d'élever les enfants ; et l'homme, d'être au travail. Dieu ne fait rien à demi ; en donnant de grands yeux à la femme, c'était pour que l'homme fût certain de sa fidélité. Si la femme a trompé son mari, je dirai même son amant, vous pouvez être sûr qu'elle ne le regardera jamais en face. Pourquoi cela? Parce que la femme sait bien qu'elle l'a trompé et qu'elle n'ose plus le regarder sans rougir. Mais aussi comme elle reconnait bien l'infidélité de l'homme! Quand la femme soupçonne le mari, c'est que le fait est vrai. C'est lui qui donne l'exemple du mal sur la terre. Plus l'homme est vieux, plus il fait du mal, quand il veut s'occuper de gouverner les jeunes par la force.

LES ATOMES INTELLECTUELS.

Paris, noyau central des atomes intellectuels, accumule les idées, les perfectionne, les transmet sous forme de rayon en province.

Tenons compte que les lois de Dieu n'ont pas de nation. La Belgique, l'Allemagne, la Suisse, reçoivent plus vite les atomes de progrès que le Var et les Alpes-Maritimes. Il y a des atomes qui regorgent de fluides inventeurs; ceux-ci ne peuvent guère s'associer à l'atome central. L'homme qui déborde en fluide inventeur, ne fera jamais partie d'une académie quelconque : il en sait plus à lui seul que toutes les académies du monde. Le fait est vrai, puisqu'il a été impossible à l'art médical de province de guérir radicalement le choléra, impossible à la science de guérir l'hydrophobie et la maladie de la vigne. Pourquoi, me dira-t-on, ne le dites-vous pas? Je réponds ceci : Ouvrez dans chaque commune des écoles d'Arts-et-Métiers, des écoles d'agriculture, et l'analogie fera le reste.

MA CONFESSION

Je pardonne d'avance les hommes de mon époque de leur jalousie envers la République, des entraves qu'ils mettent pour la faire détester; pour faire échouer les nobles idées, les principes de 89. Combien y a-t-il eu d'hommes qui se disent hommes d'esprit et humains, religieux, prêchant les croisades contre la France et la République, pour mettre à la place de la constituante un blanc ou un autre. Ils savent très-bien qu'une République supprimera le mensonge et la mendicité. Savez-vous la cause qui fait les enfants républicains au siècle où nous sommes? C'est que les planètes environnantes sont en république et que les hommes sont impuissants pour empêcher le progrès de la terre. Il y a longtemps que notre planète serait entre les mains des scélérats, si les autres planètes n'avaient pas la mission maternelle d'observer et de nous faire parvenir des jets de lumière. Rien n'aurait raison d'être en ce monde. Les hommes qui nous forcent aux principes anciens font une insulte aux lois de Dieu. Absolument rien n'est éternel sur la terre; aussitôt que l'âme est séparée du corps, elle a la mission de reproduire; et si l'homme avait la vue assez fine, assez complète pour apercevoir les atomes de l'âme, il serait plus méchant qu'il n'est. L'enfer que les peintres nous font voir et que les faux dévots nous forcent à apprendre dans les livres et par cœur ensuite, n'est pas autre chose que la vie sur notre terre. Tout le monde souffre. Du moment que la femme a reçu l'union des sexes, la souffrance la prend jusqu'à la délivrance; l'enfant, fruit de l'amour, commence à souffrir du jour qu'il vient au monde : voilà l'enfer. Je ne désire pas la mort, encore moins la fortune. Sur une terre aussi malade, aussi corrompue que la nôtre, c'est beaucoup que d'avoir la santé.

Je plains les hommes qui frappent et ceux qui ordonnent. L'histoire, la postérité tiendra compte de tout cela, de ces ordonnances qui tuent l'homme, ces hommes passionnés de fortune ! Si j'avais été soldat et qu'un chef voulût me faire tirer sur mon semblable, j'aurais présenté ma poitrine à l'ignorance, car il y a plus d'honneur à être tué que de tuer. J'aime mes plus grands ennemis ; je ne frapperai jamais l'assassin ; je n'assiste pas aux cours d'assises, au verdict des juges, parce que les tribunaux frappent avec préméditation.

J'aime la religion primitive, l'imitation du Christ, cette belle et grande philosophie. Ma porte est ouverte à tous les peuples ; je donne aux malheureux quand personne ne me regarde. Toutes les nations sont pour moi des frères. J'aime le Nègre comme le Russe ; j'aime la France avant la famille, parce qu'elle a mission d'éclairer les peuples et de porter la fraternité au Pôle Nord. Je suis prêt à donner tout mon sang pour la France ; je ne regretterais qu'une chose, de ne pas en avoir assez à lui offrir. Excusez-moi cette fierté, mais je connais d'avance la joie de l'autre monde. Que les nations périssent toutes, que la France passe entre les mains des Etats-Unis, peu m'importe ; mais que Dieu protège la République. La République c'est le peuple : le peuple c'est Dieu.

MENUS DU SIÉGE DE PARIS

En donnant au public les menus du siége, je ne donnerai que les plus importants. A partir du 15 décembre, les substances alimentaires furent rares et le prix très-élevé. Grâce aux accapareurs, à la coterie de cet indigne commerce, c'est à lui encore que nous devons le retard des substances alimentaires destinées à l'armée. C'est encore la faute à cet affreux commerce si les forts et les populations des villes n'avaient pas d'armes.

N'avez-vous pas vu les armuriers de Paris vendre les armes à des prix doubles, triples? Je serai bref et très-modeste dans les quelques lignes de réforme que j'ai le plaisir de soumettre au public. Je dirai toute la vérité. Ici c'est une question de vie ou de mort pour la France, si elle marchait sur les traces de l'ancien régime. Nous trouvons dans le caractère des bêtes l'analogie comparée à l'homme. Ceux qui ont joué le premier rôle durant le siége, et depuis le commencement de cette affreuse boucherie humaine, furent les loups en tête, les renards, les mulets, l'âne, le porc, l'écureuil, la mouche; les victimes furent la brebis, le mouton, le cerf et le cheval. La chèvre qui devait être victime fut protégée. Le chien ne fut pas épargné. Si Napoléon III avait déclaré la guerre à la Prusse avant la guerre d'Orient, il était sûr d'être vainqueur. Les bêtes que nous venons de nommer n'étaient pas encore sur la route de l'ambition. Le souverain qui ose déclarer la guerre muni d'un état-major pareil doit être sûr d'être vaincu. Il manquait une chose à Paris : le caractère du cheval.

Oui, nous avions sous les murs de Paris le loup, le porc et le renard (*). Nous avions dans Paris pour dominante

(*) *Esprit des bêtes*, par Toussenel.

le loup, le renard, le mulet, l'âne, l'écureuil, la vipère, la mouche et la chèvre.

On écrira bien des volumes pour dire la vérité ; je doute qu'on en dise plus que ce que j'en dis en quelques lignes.

C'est donc à partir du 15 décembre que nous classerons les menus.

Le pauvre pouvait être privé : le riche a toujours eu des aliments à foison.

le loup, le renard, le mulet, l'âne, l'écureuil, la vipère, la mouche et la chèvre.

On écrira bien des volumes pour dire la vérité ; je doute qu'on en dise plus que ce que j'en dis en quelques lignes.

C'est donc à partir du 15 décembre que nous classerons les menus.

Le pauvre pouvait être privé ; le riche a toujours eu des aliments à foison.

RESTAURANT PETER'S, PASSAGE DES PRINCES

Siége de Paris 1870.

Menu du 15 Décembre 1870.

HORS-D'ŒUVRE.

Deux sardines,	0 75.	Beurre, 40 gramm.	1 75

POTAGE.

Purée bretonne,	1 fr.	Purée parmentière,	1 »

RELEVÉS.

Friture de goujon à l'Italienne,	4 »
Matelotte d'anguille à la Parisienne,	6 »

ENTRÉES.

Sauté de chat aux racines,	5 »
Sauté de mouton aux haricots blancs,	5 »
Cheval en daube,	6 »

RÔT.

1/4 de poulet,	7 »

ENTREMETS DE LÉGUMES.

Choux-fleurs sautés au fromage,	3 »
Asperges à l'huile,	3 50
Pois sauce, Crème et Artichaud,	2 50

ENTREMETS DE DOUCEUR ET DESSERT.

Plumpudding au rhum,	1 50
Poires, pommes, compote de prunes,	1 25

MENU DU 15 DÉCEMBRE 1870.

OBSERVATIONS.

Une boite de sardines,	5 fr.
Beurre, le 1/2 kilogramme,	5 »
Une anguille,	12 »
Le mulet, le kilogramme,	3 50
Un chat,	6 »
Un mouton provenant du jardin des plantes, sur pied,	150 »
Un choux-fleurs,	2 »
Une pomme,	0 60

RESTAURANT PETER'S, PASSAGE DES PRINCES

Siége de Paris 1870.

Menu du 16 Décembre 1870.

HORS-D'ŒUVRE.

Céleri-rave, 1 fr. — Beurre, 40 grammes, 0 75.

RELEVÉ.

Matelotte d'anguille marinière,	6 »

ENTRÉES.

Rosbif de cheval au macaroni,	3 50
Carré de mulet, sauce poivrade,	3 »
Sauté d'âne à la bourgeoise,	3 50
Sauté de poulet aux racines (le quart),	7 »
Gigot de chevreuil, sauce au vin,	8 »

RÔT.

1/4 de poulet,	7 »

ENTREMETS DE LÉGUMES.

Choux-fleurs au jus,	3 50
Artichaud,	3 »
Petits-pois,	2 50
Asperges,	3 50

ENTREMETS DE DOUCEUR ET DESSERT.

Plumpudding,	1 50
Compote de mirabelle,	1 25
Poires,	1 25

MENU DU 16 DÉCEMBRE 1870

OBSERVATIONS

Le bouillon de cheval était de bonne qualité ; jusqu'au 15 décembre, nous avons eu à la maison un gâchis de pain considérable comme à peu près dans tous les restaurants de Paris.

Le boutiquier et le bourgeois ont toujours compté sur la valeur du soldat et jamais sur eux-mêmes.

C'était une réjouissance que d'aller aux remparts, une vraie fête !

RESTAURANT PETER'S, PASSAGE DES PRINCES

Siége de Paris 1870.

Menu du 17 Décembre 1870.

HORS-D'ŒUVRE.

Céleri-rave, 1 fr. — Beurre, 1,85. — Deux sardines, 1 fr.

POTAGE.

Croûte au pot, 1 fr. — Tapioca, 1 fr. — Vermicelle, 1 fr.

RELEVÉS.

Matelotte d'anguille parisienne,	6 »
Goujons frits,	4 »

ENTRÉES.

Rosbif de cheval, sauce tomate,	6 »
Filet de cheval aux haricots verts,	7 »
Sauté de lapin,	6 »
Abatis de paon,	7 »

RÔT.

Gigot de mouton,	5 »
1/4 poulet,	7 »

ENTREMETS DE LÉGUMES.

Artichaud,	3 »
Asperge,	4 »
Choux-fleurs,	3 50

ENTREMETS DE DOUCEUR ET DESSERT.

Amandes,	1 25
Pomme,	1 25
Poire,	1 25
Fromage,	2 »

MENU DU 17 DÉCEMBRE 1870.

OBSERVATIONS.

Le poisson qui nous provenait était de Seine. Nous achetions régulièrement 50 francs de poisson par jour.

Le cheval n'a jamais beaucoup varié de prix ; le plus cher fut 8 francs le kilogramme.

Le paon coûtait de 15 à 20 francs à l'époque, provenant du jardin des plantes.

Je mis en conserve deux mille cinq cents œufs ; ces œufs me coûtèrent pour le patron 1 fr. 20 la douzaine ; nous les vendîmes 1 fr. 50 la pièce, deux mois plus tard.

RESTAURANT PETER'S, PASSAGE DES PRINCES

Siége de Paris. 1870.

Menu du 18 Décembre 1870.

HORS-D'ŒUVRE.

Céleri-rave, 1 f. Saucisson, 3. Beurre, 2. 2 sardines, 1,25

POTAGE.

Julienne au riz, 1,50. Tapioca, 1,25. Croûte au pot, 1,25

RELEVÉS.

Poissons frits,	5 »
Matelotte de brochets,	6 »

ENTRÉES.

Rosbif aux pommes,	6 »
Jambon purée de marrons,	6 »
Sauté de chat et de lapin,	5 »
Poulet aux navets (le quart),	7 50
Galantine de paon,	5 »
Cheval en daube,	4 »

RÔT.

Poulet (le quart),	7 »

ENTREMETS DE LÉGUMES.

Choux-fleurs,	2 50
Petits-pois à la crème,	3 »

ENTREMETS DE DOUCEUR ET DESSERT.

Plumpudding,	1 50
Pomme,	1 25
Poire,	1 25
Fromage de gruyère,	1 50

MENU DU 18 DÉCEMBRE 1870.

OBSERVATIONS.

Un brochet de Seine,	40	fr.
Le jambon (le kilogramme),	12	»
Un lapin,	20	»
Carottes (le décalitre),	15	»
Les pommes de terre (le décalitre),	20	»
Le fromage (le kilogramme),	15	»

Les épiciers en gros avaient caché les marchandises. Ils les livraient au prix de l'or.

RESTAURANT PETER'S, PASSAGE DES PRINCES

Siége de Paris 1870.

Menu du 19 Décembre 1870.

HORS-D'ŒUVRE.

Deux sardines, 1 fr. Céleri-rave, 1,25. Saucisson, 3 fr.

POTAGE.

Macaroni, 1,25. — Oseille, 1 fr, — Croûte au pot, 1 fr.

RELEVÉS.

Friture de goujons,	5 »
Barbillons grillés, sauce matelotte,	6 »

ENTRÉES.

Rosbif d'âne,	4 »
Salmis de rats,	4 »
Navarins de mouton aux racines,	4 »
Abatis d'oie aux navets,	5 »
Côtelettes de chien,	4 »

RÔTS.

Le demi-quart de dindonneau,	10 »
Le quart de poulet,	6 »
Chevreuil,	8 »

ENTREMETS DE LÉGUMES.

Choux-fleurs,	3 »
Haricots panachés.	2 »
Asperges,	3 50

ENTREMETS DE DOUCEUR ET DESSERT.

Beignet de pommes,	2 50

Poire, 1,25. — Pomme, 1,25. — Fromage, 1,50.

MENU DU 19 DÉCEMBRE 1870

OBSERVATIONS.

Le demi kilogramme de beurre,	20	fr.
Un âne sur pied (le kilogramme),	8	»
Les premiers rats que nous achetâmes valaient	0	75
Une oie,	40	»
Un petit dindonneau,	50	»

Un chevreuil du jardin des plantes : 150, 180 et 200 francs à la fin du siége.

Un jour, on nous apporta deux dindonneaux d'une beauté rare ; l'un coûtait 120 fr. et l'autre 150 fr. Ils nous furent livrés par un loueur de voitures, rue Grange-aux-Belles.

RESTAURANT PETER'S, PASSAGE DES PRINCES

Siége de Paris 1870.

Menu du 20 Décembre 1870.

HORS-D'ŒUVRE.

Deux sardines, 1 fr. | Céleri-rave, 1,25

RELEVÉS.

Alose à l'oseille,	4 »
Brochets sauce provençale,	5 »

ENTRÉES.

Rosbif purée de pomme,	4 50
Poulet au carrick,	6 50
Canard aux olives (le quart),	7 »
Gigot de mouton,	4 50
Chat sauté et lapin,	4 »

RÔT.

Faisan ou poulet (le quart),	6 »

ENTREMETS DE LÉGUMES.

Choux-fleurs,	2 50
Artichauds Lyonnaise,	3 »
Macaroni au gratin,	4 »
Pois à la crème,	2 50

ENTREMETS DE DOUCEUR ET DESSERT.

Compote de prunes mirabelle,	1 25
Amande,	1 »
Poire,	1 25
Pomme,	1 25
Fromage,	1 75

MENU DU 20 DÉCEMBRE 1870.

OBSERVATIONS.

Une alose d'un kilogramme,	15 fr.
Un canard,	25 »
Un faisan,	25 »
Un lapin,	30 »
2 porcs, 4 moutons, un veau, 4 chèvres,	800 »

RESTAURANT PETER'S, PASSAGE DES PRINCES

Siége de Paris 1870.

Menu du 21 Décembre 1870.

HORS-D'ŒUVRE.

Saucisson, 3 fr. — Beurre, 2,50. — Céleri-rave, 1,25.

POTAGE.

Croûte au pot, 1 fr. — Tapioca, 1 fr. — Vermicelle, 1 fr.

RELEVÉS.

Matelotte de brochets,	5 fr.
Goujons frits,	4 »

ENTRÉES.

Rosbif de bœuf,	4 »
Carré de mulet, sauce tomate,	4 »
Sauté de poulet chasseur,	7 »

RÔT.

Poulet (le quart),	7 50

ENTREMETS DE LÉGUMES.

Choux-fleurs, sauce Lyonnaise,	3 »
Artichauds,	3 »
Asperges,	4 »

ENTREMETS DE DOUCEUR ET DESSERT.

Beignet de pommes,	2 50
Croquettes de riz,	2 »

Fromage, 2. Pomme, 1,25. Poire, 1,25. Confiture, 1,50.

MENU DU 21 DÉCEMBRE 1870.

OBSERVATIONS.

On vint nous offrir une quantité de graisse qui était destinée préalablement à la parfumerie ; il nous fut impossible de l'employer.

RESTAURANT PETER'S, PASSAGE DES PRINCES

Siége de Paris 1870.

Menu du 22 Décembre 1870.

HORS-D'ŒUVRE.

Céleri-rave, 1,25. — Olives, 1. — Deux sardines, 1,25

POTAGE.

Croûte au pot,	1 »
Tapioca,	1 25
Vermicelles,	1 »

RELEVÉS.

Friture de poissons,	4 »

ENTRÉES.

Rosbif de bœuf,	4 »
Jambon,	5 »
Carré d'âne sauce poivrade,	3 50

RÔT.

Poulet (le quart),	7 »

ENTREMETS DE LÉGUMES.

Haricots panachés,	2 50
Pommes de terre,	3 »

ENTREMETS DE DOUCEUR ET DESSERT.

Mendiants,	1 50
Poire,	1 25
Pomme,	1 25

MENU DU 22 DÉCEMBRE 1870·

OBSERVATIONS.

Un soir, à onze heures, on nous apporta un demi fromage de Gruyère à raison de 22 francs le kilogramme. Le même soir, à minuit, on nous apporta un deuxième fromage de Brie, 30 francs ; il était pourri.

RESTAURANT PETER'S, PASSAGE DES PRINCES

Siége de Paris 1870.

Menu du 23 Décembre 1870.

HORS-D'ŒUVRE.

Beurre frais,	1 50	Deux sardines,	1 25

RELEVÉ.

Poissons frits,	4 »

ENTRÉES.

Rosbif de cheval,	3 »
Jambon purée de pommes,	5 »
Sauté de mulet aux racines,	4 »
Carré d'âne, sauce tomate,	3 50

RÔT.

Poulet (le quart),	7 »

ENTREMETS DE LÉGUMES.

Pois à la crême,	2 50
Choux-fleurs au jus,	2 50
Pommes sautées,	3 »

DESSERT.

Fromage,	2 »
Mendiants,	1 50
Poire,	1 25
Pomme,	1 25

MENU DU 23 DÉCEMBRE 1870.

OBSERVATIONS.

Ce qu'il y a eu de remarquable, c'est la grande quantité de fruits accaparés par les marchands en gros.

RESTAURANT PÉTER'S, PASSAGE DES PRINCES

Siége de Paris 1870.

Menu du 24 Décembre 1870.

HORS-D'ŒUVRE.

Céleri-rave, 1,25. — Beurre frais, 1,50. — Olives, 1,25.

POTAGE.

Croûte au pot, 1 fr. Tapioca-Crécy, 2 fr. Vermicelle, 1 fr.

ENTRÉES.

Cheval braisé aux macaroni,	3 50
Filet de cheval au jus,	4 »
Côtelettes de cerf, sauce Toussenel,	4 »

RÔTS.

Deux mauviettes,	5 »
Poulet (le quart),	7 »

ENTREMETS DE LÉGUMES.

Choux-fleurs sautés,	2 50
Pois à la crême,	2 50
Asperges,	3 50

DESSERT.

Compote de mirabelle,	1 50
Poire,	1 25
Pomme,	1 25

MENU DU 24 DÉCEMBRE 1870

OBSERVATIONS.

Une mauviette,	1 25
Les oignons (le décalitre),	25 »
Les carottes (le décalitre),	25 »

RESTAURANT PETER'S, PASSAGE DES PRINCES

Siége de Paris 1870.

Menu du 25 Décembre 1870.

HORS-D'ŒUVRE.

Céleri-rave, 1 f. Beurre, 2 f. Olives, 1,25. Anchois, 1,50

POTAGE.

Croûte au pot, 1 fr. — Tapioca, 1 fr. — Vermicelle, 1 fr.

RELEVÉS.

Friture de goujons,	6 »
Ecrevisses en buisson (4) pour	5 »

ENTRÉES.

Filet de bœuf,	4 50
Cheval en daube,	4 50
Sauté de lapin,	5 »
Côtelettes d'âne, sauce poivrade,	5 ».
1/4 de canard aux navets,	8 »
Deux mauviettes aux quenelles,	7 »

RÔTS.

Le quart de poulet,	8 »
Deux mauviettes,	5 »

ENTREMETS DE LÉGUMES.

Artichauds Lyonnaise,	3 »
Pois à la crème,	2 50

DESSERT.

Poire, 1,25.— Pomme, 1,25.— Confiture de prunes, 1,50

MENU DU 25 DÉCEMBRE 1870.

OBSERVATIONS.

Les canards subissent une forte augmentation : la pièce, 35 francs.

Nous sommes menacés de ne plus avoir de sel.

RESTAURANT PETER'S, PASSAGE DES PRINCES

Siége de Paris 1870.

Menu du 26 Décembre 1870.

HORS-D'ŒUVRE.

Beurre frais, 1,75 Deux sardines, 1 fr. Saucisson, 3 fr.

POTAGE.

Riz au poireau, 1,25. Tapioca, 1 fr. Croûte au pot, 1,25.

RELEVÉ.

Friture de poissons,	5 »

ENTRÉES.

Filet de cheval,	4 50
Rosbif d'âne,	3 50
Jambon au madère,	5 »
Sauté de chat,	5 »
Abatis de poulet,	5 »

RÔTS.

Deux mauviettes,	5 »
Le quart de poulet,	8 »

ENTREMETS DE LÉGUMES.

Artichauds à l'Italienne,	3 »
Choux-fleurs sautés,	3 »

DESSERT.

Poire,	1 25
Pomme,	1 50
Fromage de Brie,	1 75

MENU DU 26 DÉCEMBRE 1870.

OBSERVATIONS.

Un chat,	8 fr.
Un poulet,	35 »
Un kilogramme de riz,	6 »

RESTAURANT PETER'S, PASSAGE DES PRINCES

Siége de Paris 1870.

Menu du 27 Décembre 1870.

HORS-D'ŒUVRE.

Saucisson, 3 fr. — Salade d'anchois, 2,50. — Olives, 1,50

POTAGE.

Croûte au pot, 1 fr. — Tapioca, 1,25. — Vermicelle, 1,25

ENTRÉES.

Une saucisse,	1 25
Un boudin,	1 25
Cuissot d'ours, sauce Toussenel,	5 »
1/4 de canard aux navets,	8 »
Sauté d'âne aux racines,	4 50

RÔT.

Le 1/4 de poulet,	8 »

ENTREMETS DE LÉGUMES.

Salade de légumes,	4 »
Artichaud,	3 »
Choux-fleurs,	3 »
Asperges,	3 50

DESSERT.

Amandes,	1 25
Poire,	1 25
Pomme,	1 25
Confiture,	1 50
Fromage de Gruyère,	2 »

MENU DU 27 DÉCEMBRE 1870.

OBSERVATIONS.

Nous achetâmes au jardin des plantes un ours	200 fr.
Un chou,	2 50
Poireaux (la demi-douzaine),	1 50
25 grammes de thym,	1 50

RESTAURANT PETER'S, PASSAGE DES PRINCES.

Siége de Paris 1870.

Menu du 28 Décembre 1870.

HORS-D'ŒUVRE.

Beurre frais, 1,75. Croûte au thon, 1,25. Saucisson, 1,75

POTAGE.

Semoule, 1 fr. — Tapioca, 1 fr. — Vermicelle, 1 fr.

ENTRÉES.

Rognons de cheval aux pommes, maître d'hôtel,	6 fr.
Daube de cheval,	4 »
Cuissot de porc, sauce à l'oignon,	7 »

RÔT.

Le 1/4 de poulet,	8 »

ENTREMETS DE LÉGUMES.

Cèps à la Bordelaise,	4 50
Haricots verts,	2 50
Asperges,	3 50

ENTREMETS DE DOUCEUR ET DESSERT.

Plumpudding à l'Italienne,	2 »
Compote de prunes mirabelle,	1 50
Amandes,	1 25
Pomme,	1 25
Fromage de Roquefort,	2 50

MENU DU 28 DÉCEMBRE 1870.

OBSERVATIONS.

Le patron cherche à découvrir les substances alimentaires à des prix très-élevés. Deux œufs en omelette et faite avec de la graisse de cheval, 3 fr. 50.

RESTAURANT PETER'S, PASSAGE DES PRINCES

Siége de Paris 1870.

Menu du 29 Décembre 1870.

HORS-D'ŒUVRE.

Céleri-rave, 1 fr. — Beurre frais, 1,75 — Anchois, 2 fr.

POTAGE.

Soupe aux choux, 3 fr. | Tapioca-Crécy, 3 fr.

RELEVÉ.

Friture de goujons,	6 »

ENTRÉES.

Rosbif de cheval,	3 50
Cheval en daube,	4 »
Sauté de paon aux racines,	5 »
Gras-double Marseillaise,	3 50
Entre-côte de mulet à la graisse d'ours,	7 »
Côtelette d'âne, sauce au vin de Bordeaux,	4 »

RÔT.

Le 1/4 de poulet,	8 »

ENTREMETS DE LÉGUMES.

Cardons au jus,	3 »
Artichauds Lyonnaise,	3 »
Pois à la crême,	2 25
Haricots verts sautés,	2 25

DESSERT.

Compote, 1 50. — Poire, 1 25. — Pomme, 1 25

MENU DU 29 DÉCEMBRE 1870.

OBSERVATIONS.

Un paon, 25 fr.

Le gras-double provenant des vaches abattues pour les ambulances, le tout, 7 fr. le kilogramme.

Les boudins, saucisses, cervelas, étaient faits à la maison ; les caves nous servaient d'abattoir.

RESTAURANT PETER'S, PASSAGE DES PRINCES

Siége de Paris 1870.

Menu du 30 Décembre 1870.

HORS-D'ŒUVRE.

Beurre frais,	1 75	Céleri-rave,	1 25

POTAGE.

Croûte au pot,	1 fr.	Vermicelle,	1 fr.

ENTRÉES.

Pièce de cheval braisée aux macaroni,	3 50
Filet de bœuf au jus,	3 50
Abats d'agneau aux pommes-de-terre,	4 50
Sauté de paon aux olives,	6 »

RÔT.

Le 1/4 de poulet,	8 »

ENTREMETS DE LÉGUMES.

Asperges à l'huile,	3 50
Artichauds,	3 »
Cardons,	3 »

DESSERT.

Compote de prunes mirabelle,	1 25
Poire,	1 25
Pomme,	1 25
Confiture,	1 25
Amandes,	1 25

MENU DU 30 DÉCEMBRE 1870.

OBSERVATIONS.

Les cardons nous coûtaient 2 fr. 50 et 3 fr. la botte.
Les asperges, 2 fr. 50 la demi-botte.
Les ceps, 3 fr. la botte.

RESTAURANT PETER'S, PASSAGE DES PRINCES

Siége de Paris 1871.

Menu du 31 Décembre 1870.

HORS-D'ŒUVRE.

2 sardines, 1 fr. — Beurre frais, 1,75 — Olives, 1 fr.

POTAGE.

Croûte au pot, 1 fr. — Tapioca, 1 fr. — Vermicelle, 1 fr.

ENTRÉES.

Rosbif de cheval,	3 »
Bœuf en daube,	3 50
Gibelotte de lapin,	5 »
Poulet, sauté bourgeoise,	8 50
Galantine de paon,	8 »

RÔT.

Le 1/4 de poulet,	8 »

ENTREMETS DE LÉGUMES.

Œufs pochés à la crême,	3 50
Asperges à l'Italienne,	4 »
Artichauds,	3 »
Cardons au jus,	2 50

DESSERT.

Poire,	1 25
Pomme,	1 25
Confiture de prunes,	1 50

MENU DU 31 DÉCEMBRE 1870.

OBSERVATIONS.

Observation sur le souper de M. Bonvalet : Ce fut à l'occasion des élections et de sa nomination de maire que ce souper eut lieu.

RESTAURANT PETER'S, PASSAGE DES PRINCES

Siége de Paris 1870.

Souper donné à M. Bonvalet, maire du 3e arrondissement.

HORS-D'ŒUVRE.

Sardines. | Céleri. | Beurre. | Olives.

POTAGE.

Sagou au vin de Bordeaux.

RELEVÉ.

Saumon à la Berzélus.

ENTRÉES.

Escalope d'éléphant, Sauce aux échalottes.

RÔTS.

Ours à la sauce Toussenel.
Salade de légumes à la Raspail.

DESSERT.

Pommes. | Poires. | Biscuits.

RESTAURANT PETER'S, PASSAGE DES PRINCES

Siége de Paris 1871.

Menu du 1er Janvier 1871.

HORS-D'ŒUVRE.

Beurre frais, 1,75 — Olives, 1 fr. — Sardines, 1 fr.

POTAGE.

Sagou au vin de Bordeaux,	1 50
Vermicelle au poireau,	1 50

ENTRÉES.

Rosbif de mulet à la purée de pommes-de-terre,	5 »
Cuissot de chevreuil à la sauce Toussenel,	5 »
Filet d'éléphant, sauce Madère,	8 »
Carré d'âne aux navets,	5 »
Cuissot d'ours aux racines,	6 »

RÔTS.

Caneton et poulet (le quart),	8 »
Galantine de paon,	7 »
Gigot d'agneau,	6 »

ENTREMETS.

Asperges à l'huile,	4 »
Petits-pois à la crême,	3 »
Fonds d'artichauds à la Russe,	2 50

ENTREMETS DE DOUCEUR.

Macédoine de fruit au Marasquin,	2 50
Bombes glacées à la Raspail,	2 »

DESSERT.

Pomme, 1,25. — Poire, 1,25. — 4 mendiants, 1,25. — Fromage, 2,50

MENU DU 1er JANVIER 1871.

OBSERVATIONS.

L'éléphant fut acheté à raison de 30 fr. le kilogramme. Ce jour-là, je vendis pour 600 fr. d'éléphant — tenons compte que nous n'en avions pris que 2 kilogrammes 500 grammes.

Le service commença à 6 heures du soir; à 6 heures 35 nous n'avions plus d'éléphant. Nous en vendîmes toute la semaine.

L'éléphant supposé n'était autre chose que du cheval. Voilà comme le peuple parisien se laisse quelquefois tromper.

En 1867, j'étais chef de cuisine au Cercle International (Exposition universelle). Nous eûmes quelques grands dîners; il me fut impossible là comme ailleurs de mettre sur un menu le nom d'un démocrate, tel que Raspail, etc., etc.

RESTAURANT PETER'S, PASSAGE DES PRINCES

Siége de Paris 1871.

Menu du 2 Janvier 1871.

HORS-D'ŒUVRE.

Céleri-rave, 1 f. — Beurre frais, 1,75 — 2 sardines, 1 f.

POTAGE.

Tapioca, 1 fr. — Vermicelle, 1 fr. — Croûte au pot, 1 fr.

RELEVÉ.

Friture de poissons,	6 50

ENTRÉES.

Pièce de cheval braisée aux macaroni,	4 50
Chevreuil, sauce poivrade,	5 »
Civet de lapin et de chat,	5 50
Abatis de volaille aux racines,	5 »
Galantine de paon,	5 »

RÔT.

Le 1/4 de poulet,	8 »

ENTREMETS DE LÉGUMES.

Artichauds au jus,	2 50
Asperges à l'huile,	3 50
Pommes-de-terre sautées,	2 50

DESSERT.

Pomme,	1 25
Amandes,	1 »
Confiture,	1 25

MENU DU 2 JANVIER 1871.

OBSERVATIONS.

Un lapin,	30 fr.
Un poulet,	50 »

Les faisans, de 40 à 50 francs.
Les pommes-de-terre, de 25 à 50 francs le décalitre.
Les pigeons, de 10 à 12 francs pièce.

RESTAURANT PETER'S, PASSAGE DES PRINCES

Siége de Paris 1871.

Menu du 3 Janvier 1871.

HORS-D'ŒUVRE.

Céleri-rave, 1 fr. — Beurre frais, 1,75. — Olives, 1 fr.

POTAGE.

Croûte au pot, 1 fr. — Vermicelle, 1 fr. — Tapioca, 1 fr.

ENTRÉES.

Rosbif au jus,	3 50
Sauté de chevreuil,	4 »
Ragoût de chèvre,	4 50
Cuissot de veau, sauce tomate, .	5 »
Un quart de canard aux navets,	8 »

RÔT.

Poulet (le quart),	7 »

ENTREMETS DE LÉGUMES.

Pommes-de-terre sautées,	2 50
Asperges à l'huile	3 50
Pois à la Lyonnaise,	2 50
Artichaud,	2 50

DESSERT.

Compote de fruit,	1 50
Poire,	1 25
Pomme,	1 25
Fromage,	1 50

MENU DU 3 JANVIER 1871.

OBSERVATIONS.

Une chèvre,	80 fr.
Un veau de neuf jours,	150 »
Les navets (le décalitre),	25 »

Le boulanger nous portait le pain dans la nuit par une porte dérobée. Le peuple manquait de tout; certaines maisons regorgeaient de marchandises.

A partir de ce jour, nous achetâmes du poussier de charbon au prix de 100 francs les 1000 kilogrammes, au lieu de 20 francs. C'étaient les chemins de fer qui nous les vendaient.

Douze degrés au-dessous de zéro, le peuple sans pain, sans bois et sans argent.

RESTAURANT PETER'S, PASSAGE DES PRINCES

Siége de Paris 1871.

Menu du 4 Janvier 1871.

HORS-D'ŒUVRE.

Céleri-rave, 1 fr. | Saucisson, 2 fr.

POTAGE.

Tapioca, 1 fr. — Vermicelle, 1 fr. — Croûte au pot, 1 fr.

ENTRÉES.

Escargots à la poulette (la douzaine),	2 »
Boudin grillé,	2 »
Rosbif de vache,	4 50
Côtelette de mulet,	3 50
Sauté de paon,	6 »
Sauté d'abats aux pommes-de-terre,	5 »
Rognons de veau aux pois,	8 »

RÔT.

Le quart de poulet,	8 »

ENTREMETS DE LÉGUMES.

Pommes-de-terre sautées,	2 50
Asperges à l'huile,	2 50
Haricots verts,	2 25

DESSERT.

Compote de fruit au Malasquin,	2 50
Amandes,	1 25
Confiture,	1 25
Fromage de Gruyère,	1 50

MENU DU 4 JANVIER 1870.

OBSERVATIONS.

Le porc nous coûtait sur pied 12 fr. le kilogramme ; dix jours après, 24 francs.

Les escargots, 6 fr. le cent.

Un veau de 12 jours, 200 fr. sur pied.

RESTAURANT PETER'S, PASSAGE DES PRINCES

Siége de Paris 1870.

Menu du 5 Janvier 1871.

HORS-D'ŒUVRE.

Beurre frais, 1,75. — 2 sardines, 1 fr. — Escargots, 2 fr.

POTAGE.

Tapioca, 1 fr. — Riz, 1,50. — Croûte au pot, 1 fr.

ENTRÉES.

Rosbif de cheval au jus,	3 50
Ragoût de mouton et de chien,	5 »
Gibelotte de lapin aux pommes-de-terre,	6 »
Canard aux olives (le quart),	9 »

RÔT.

Le 1/4 de poulet,	8 50

ENTREMETS DE LÉGUMES.

Artichaud provençal,	2 50
Asperges à l'huile,	3 50
Pois à la crême,	2 50

DESSERT.

Fromage de Gruyère,	1 75
Compote d'abricois,	1 25
Poire,	1 25
Pomme,	1 25

MENÚ DU 5 JANVIER 1871.

OBSERVATIONS.

Les premiers obus tombent dans Paris (rive gauche).

RESTAURANT PETER'S, PASSAGE DES PRINCES

Siége de Paris 1871.

Menu du 6 Janvier 1871.

HORS-D'ŒUVRE.

Beurre frais,	1 75	Céleri-rave,	1 »

POTAGE.

Tapioca,	1 »	Croûte au pot,	1 »

ENTRÉES.

Rosbif de cheval au jus,	3 50
Sauté de chèvre au vin de Bordeaux,	5 »
Deux saucisses plates, sauce aux truffes,	6 »
Sauté de rats à la chasseur,	3 50

RÔT.

Poulet (le quart),	8 50

ENTREMETS DE LÉGUMES.

Asperges à l'huile	3 50
Cardons au jus,	3 »
Chicorée à la crème,	3 »

DESSERT.

Compote de fruit,	2 »
4 Mendiants,	1 25
Confiture,	1 25
Poire,	1 75
Pomme,	1 75

MENU DU 6 JANVIER 1871.

OBSERVATIONS.

Le sel augmente : 0,30 c. le demi-kilogramme.
Un rat, 2 fr.
Un poulet, 36 et 40 francs.

Les bourgeois ont le garde-manger bien garni, de l'argent pour se faire remplacer aux secteurs.

Mes amis qui reviennent des forts me disent : Nous ne sommes pas en nombre.

Le commerce commence à dire : Nous serons forcés à capituler.

RESTAURANT PETER'S, PASSAGE DES PRINCES

Siége de Paris 1871.

Menu du 7 Janvier 1871.

HORS-D'ŒUVRE.

Salade d'anchois, 1,50 Beurre frais, 1,75. Olives, 1 fr.

POTAGE.

Croûte au pot, 1 fr. — Tapioca, 1 fr. — Vermicelles, 1 fr.

ENTRÉES.

Rosbif de cheval au jus,	4 »
Mulet en daube,	4 50
Animelle de mouton aux racines,	5 »

RÔT.

Poulet (le quart),	9 »

ENTREMETS DE LÉGUMES.

Fonds d'artichauds, sauce Lyonnaise,	2 50
Pois à la crème,	2 50
Asperges à l'huile,	3 50
Pommes-de-terre sautées,	2 50

DESSERT.

Fromage,	2 »
Compote d'abricots,	1 50
Confiture,	1 50
Poire,	1 75
Pomme,	1 75

MENU DU 7 JANVIER 1871.

OBSERVATIONS.

J'ai connu un commandant qui, pour plaire à des dames, avait projeté un déjeûner.

Arrivé sur les lieux où se trouvaient les pièces d'artillerie, il faisait charger une pièce, la pointait et faisait partir le coup aux applaudissements des invités.

Ces derniers, avec une lorgnette, regardaient le point où devait tomber le boulet ; cela se passe douze jours avant le siége. Retenons la plume pour ne pas nommer son nom.

RESTAURANT PETER'S, PASSAGE DES PRINCES

Siége de Paris 1871.

Menu du 8 Janvier 1871.

HORS-D'ŒUVRE.

Beurre frais,	1 75	Saucisson,	2 fr.

POTAGE.

Soupe à l'oignon,	2 fr.	Croûte au pot,	1 fr.

RELEVÉ.

Goujons frits,	6 »

ENTRÉES.

Rosbif au jus,	4 25
Pièce de cheval, sauce tomate,	5 »
Sauté de paon aux racines,	6 »
Côtelette de chevreuil au vin de Bordeaux,	4 »

RÔTS.

Le 1/4 de poulet,	9 »
Deux mauviettes,	5 »

ENTREMETS DE LÉGUMES.

Asperges à l'huile,	4 »
Artichaud,	3 »
Salade de laitue,	3 »

DESSERT.

Pomme,	2 25
Poire,	2 25
Confiture,	1 50
Compote de fruit,	1 50

MENU DU 8 JANVIER 1871.

OBSERVATIONS.

J'ai connu des personnes qui, durant le siége, ont fait des fortunes énormes en usurpant le peuple.

RESTAURANT PETER'S, PASSAGE DES PRINCES

Siége de Paris 1871.

Menu du 9 Janvier 1871.

HORS-D'ŒUVRE.

Saucisson, 2 fr. — Salade d'anchois, 1,75. — Olives, 1 fr.

POTAGE.

Croûte au pot, 1 fr. — Vermicelle, 1 fr. — Tapioca, 1 fr.

ENTRÉES.

Rosbif de mulet au jus,	4 25
Cuissot d'âne, sauce Toussenel,	5 50
Jambon, sauce Madère,	6 »
Deux œufs au gratin,	3 50

RÔT.

Le 1/4 de faisan,	10 »

ENTREMETS DE LÉGUMES.

Pommes-de-terre sautées,	2 50
Cardons à la moëlle,	3 »

DESSERT.

Asperges en Angélique,	2 50
Pomme,	2 »
Poire,	2 »
Confiture,	1 50
Amandes,	1 50

MENU DU 9 JANVIER 1871.

OBSERVATIONS.

Phocylide a mis en vers un recueil de maximes ; le grand Raspail les a traduites. Je vais en citer quelques vers, comme punition envers les enrichis :

TRADUCTION.

« Ne vous enrichissez pas par la fraude et ne vivez que d'un avoir bien acquis. — Souffrir, c'est le lot de tous. — La vie est un cercle et la fortune un hasard. — Ne tirez l'épée que pour vous défendre et non pour attaquer. — La soif des richesses est la mère de toute mauvaise action, car l'or et l'argent sont les plus grands piéges de l'homme. Maudit or ! source de nos maux ! poison de l'existence ! torture de tous nos moments ! Plût aux dieux que tu fusses inconnu des hommes ! Loin de vous tout amour impur, incestueux ou adultère. Mais attachez-vous de cœur à votre épouse. Quoi, en effet, de plus doux et de plus cher que cette existence de l'épouse qui reste fidèle à son époux jusqu'à son extrême vieillesse, etc. »

Heureux temps où les peuples avaient une morale !

RESTAURANT PETER'S, PASSAGE DES PRINCES

Siége de Paris 1871.

Menu du 10 Janvier 1871.

HORS-D'ŒUVRE.

Beurre frais,	1 75	Saucisson,	2 fr.

POTAGE.

Soupe aux choux,	2 fr.	Vermicelles,	1 fr.

RELEVÉ.

Poissons frits,	5 »

ENTRÉES.

Rosbif de cheval,	3 50
Filet de bœuf, sauce tomate,	4 50
Vol-au-vent de quenelles à la graisse d'âne,	5 »
Bœuf en daube,	4 »
Paon aux racines,	5 »

RÔT.

Poulet (le quart),	9 »

ENTREMETS DE LÉGUMES.

Asperges,	4 »
Pois sautés,	2 50
Pommes-de-terre maître d'hôtel,	2 50

DESSERT.

Pâtisserie à la graisse d'âne,	1 50
Compote de prunes,	1 50
Pomme,	2 25
Poire,	2 25

MENU DU 10 JANVIER 1871.

OBSERVATIONS.

Un chou, 3 fr.

Je fis achat d'un âne provenant d'une écurie d'un laitier ; cet âne avait douze centimètres de graisse sur les rognons : sur pied 8 fr. le kilogramme.

Nous manquons de légumes en général ; les chevaux sont difficiles à avoir.

RESTAURANT PETER'S, PASSAGE DES PRINCES

Siége de Paris 1871.

Menu du 11 Janvier 1871.

HORS-D'ŒUVRE.

Olives, 1 fr. | Salade d'anchois, 1 75

POTAGE.

Tapioca, 1 fr. — Semoule, 1 fr. — Croûte au pot, 1 fr.

RELEVÉ.

Goujons frits, 6 »

ENTRÉES.

Rosbif de cheval, 4 »
Mulet braisé, sauce Madère, 4 50
Vol-au-vent finncièrce, 5 »
Paon aux racines, 5 »
Lapin sauté, 5 »
Navarin de chien aux racines, 5 »

RÔT.

Poulet (le quart), 9 »

ENTREMETS DE LÉGUMES.

Cardons au jus, 3 »
Pommes sautées, 2 50

DESSERT.

Pomme, 2 25
Poire, 2 25
Fromage de Gruyère, 2 »

MENU DU 11 JANVIER 1870.

OBSERVATIONS.

Le chien, 4 fr. le kilogramme.
Les cafés des boulevards sont remplis d'officiers de tous corps ; d'autres cafés sont remplis de femmes ; elles ont pour mission d'absorber les écus de tous côtés.
Huit mille mobiles environ sont atteints de maladies vénériennes.
Après la guerre, que deviendront les descendants d'un pareil fléau ! Perte de la femme, enfants rachitiques !

RESTAURANT PETER'S, PASSAGE DES PRINCES

Siége de Paris 1871.

Menu du 12 Janvier 1871.

HORS-D'ŒUVRE.

Beurre frais, 1 75

POTAGE.

Soupe à l'oignon, 2 50 | Vermicelles, 1 fr.

RELEVÉ.

Barbillons au gratin, 6 »

ENTRÉES.

Rosbif de cheval au jus, 4 »
Filet de mulet au macoroni, 4 50
Sauté de chevreuil, 6 »
Gibelotte chat et lapin, 6 »

RÔT.

Le 1/4 de poulet, 9 »

ENTREMETS DE LÉGUMES.

Cardons au jus, 3 »
Pommes-de-terre sautées, 2 50

DESSERT.

Salade chinoise, 2 »
Pomme, 2 25
Poire, 2 25

MENU DU 12 JANVIER 1871.

OBSERVATIONS.

On nous vendit de la salade de laitue 50 fr. le cent ; chaque salade avait huit feuilles. Elle provenait des jardins maraichers en dedans des fortifications.

RESTAURANT PETER'S, PASSAGE DES PRINCES

Siége de Paris 1871.

Menu du 13 Janvier 1871.

HORS-D'ŒUVRE.

Céleri-rave, 1 fr. | Canapé d'anchois, 2 fr.

RELEVÉ.

Poissons frits,	5 »

ENTRÉES.

Rosbif au jus,	4 50
Cuissot de veau,	6 »
Sauté de chat,	6 »
Ane en daube,	4 50
1/2 pigeon aux pois,	10 »

RÔTS.

Deux mauviettes,	5 »
1/4 de poulet,	9 »

ENTREMETS DE LÉGUMES.

Cardons au jus,	2 50
Asperges à l'huile,	4 »
Pommes sautées,	2 50

DESSERT.

Compote de mirabelle,	1 75
Confiture,	1 50
Fromage de Gruyère,	2 »

MENU DU 13 JANVIER 1871.

OBSERVATIONS.

Les pommes-de-terre, 50 francs le décalitre.
Les pigeons, toujours le même prix, de 10 à 12 francs.

RESTAURANT PETER'S, PASSAGE DES PRINCES

Siége de Paris 1871.

Menu du 14 Janvier 1871.

HORS-D'ŒUVRE.

Saucisson,	2 fr.	Beurre frais,	2 fr.

POTAGE.

Tapioca,	1 fr.	Croûte au pot,	1 fr.

RELEVÉ.

Poissons frits,	5 »

ENTRÉES.

Rosbif de mulet,	4 25
Filet de bœuf,	5 »
Sauté de paon,	6 »
1/2 pigeon aux pois,	10 »
Côtelette d'âne, sauce aux échalottes,	5 »

RÔTS.

1/4 de poulet,	9 »
Salade de laitue,	1 »

ENTREMETS DE LÉGUMES.

Cardons à la moëlle,	3 »
Pommes sautées,	2 50

DESSERT.

Fromage,	2 »
Pomme,	2 25
Poire,	2 25

MENU DU 14 JANVIER 1871.

OBSERVATIONS.

Les fruits deviennent rares. Beaucoup de marchands de vins manquent de liquide. Les épiciers n'ont plus de sel.

RESTAURANT PETER'S, PASSAGE DES PRINCES

Siége de Paris 1871.

Menu du 15 Janvier 1871.

HORS-D'ŒUVRE.

Saucisson,	2 fr.	Beurre frais,	1 75

POTAGE.

Soupe à l'oignon,	2 50	Vermicelles,	1 fr.

RELEVÉ.

Friture de goujons,	5 »

ENTRÉES.

Rosbif,	4 25
Filet de cheval, sauce tomate,	5 »
Cuissot de veau,	6 »
1/2 pigeon aux olives,	12 »
Tête de veau, sauce piquante,	6 »
Mulet en daube,	4 50

RÔTS.

1/4 de poulet,	10 »
Deux mauviettes,	5 »

ENTREMETS DE LÉGUMES.

Cardons au jus,	3 »
Asperges à l'huile,	3 »
Haricots panachés,	2 50

DESSERT.

Pomme,	2 fr.	Poire,	2 fr.

MENU DU 15 JANVIER 1871.

OBSERVATIONS.

Un poulet,	40 fr.
Un kilogramme de poissons,	30 »

RESTAURANT PETER'S, PASSAGE DES PRINCES

Siége de Paris 1871.

Menu du 16 Janvier 1871.

HORS-D'ŒUVRE.

Céleri-rave, 1 fr. | Beurre frais, 1 75

POTAGE.

Tapioca, 1 fr. — Macaroni, 1 fr. — Croûte au pot, 1 fr.

RELEVÉ.

Poissons frits,	6 »

ENTRÉES.

Gigot de mouton aux navets,	8 »
Cheval en daube,	4 50

RÔT.

Deux mauviettes,	5 »
Le 1/4 de poulet,	10 »

ENTREMETS DE LÉGUMES.

Asperges à l'huile,	4 »
Cardons au jus,	3 »
Pommes sautées,	2 50

DESSERT.

Compote de fruit au Malasquin,	2 »
Poire,	2 »
Pomme,	2 »

MENU DU 16 JANVIER 1871.

OBSERVATIONS.

Le beurre, 20 fr. le demi-kilogramme. Le saucisson, 12 fr. le demi-kilogramme.

Les choux de Bruxelles, 5 fr. le litre ; dans les temps ordinaires, 0,20 c.

RESTAURANT PETER'S, PASSAGE DES PRINCES

Siége de Paris 1871.

Menu du 17 Janvier 1871.

HORS-D'ŒUVRE.

Céleri-rave,	1 fr.	Olives,	1 fr.

POTAGE.

Queue de bœuf,	1 50	Croûte au pot,	1 fr.

RELEVÉS.

Matelotte de barbillons,	10 »
Goujons frits,	7 »

ENTRÉES.

Côtelette de mulet, sauce poivrade,	4 50
Tourne-dot d'âne aux pois,	5 50
Cheval en daube,	4 50

RÔTS.

Le 1/4 de poulet,	10 »
Deux mauviettes,	5 »

ENTREMETS DE LÉGUMES.

Choux de Bruxelles,	3 50
Cardons,	3 »

DESSERT.

Poire,	2 »
Pomme,	2 »

MENU DU 17 JANVIER 1871.

OBSERVATIONS.

Nous découvrîmes des bêtes à cornes dans un couvent. Le supérieur nous vendit un bœuf d'une qualité extra ; les côtes avaient cinq centimètres de graisse. Il est rare de voir plus beau dans nos boucheries de la capitale.

RESTAURANT PETER'S, PASSAGE DES PRINCES

Siége de Paris 1871.

Menu du 18 Janvier 1871.

HORS-D'ŒUVRE.

Olives,	1 fr.	Beurre frais,	1 fr.

POTAGE.

Croûte au pot,	1 fr.	Vermicelles,	1 fr.

RELEVÉ.

Poissons frits,	6 »

ENTRÉES.

Rosbif de cheval au jus,	4 »
Gigot de mouton aux navets,	8 »

RÔTS.

Deux mauviettes,	5 »
1/4 de canard,	10 »

ENTREMETS DE LÉGUMES.

Asperges à l'huile,	3 »
Cardons à la moëlle,	3 »

DESSERT.

Compote de fruit au Malasquin,	2 »
Pomme,	2 »
Poire,	2 »

MENU DU 18 JANVIER 1871.

OBSERVATIONS.

Dans les déjeûners, nous donnions beaucoup d'œufs, toujours du même prix : 3 fr. 50 les deux œufs.

Le 18 au matin, un homme vint nous offrir deux lapins ; cet homme était un incurable de la rue de Sèvres. Je le fis entrer dans le garde-manger pour examiner la marchandise. — C'est là, qu'il me dit ; je ne vous apporte pas deux lapins, mais deux beaux chats. — Combien en voulez-vous ? — Sept francs pièce.

La chose fut acceptée.

RESTAURANT PETER'S, PASSAGE DES PRINCES

Siége de Paris 1871.

Menu du 19 Janvier 1871.

HORS-D'ŒUVRE.

Céleri-rave, 1 fr. | Olives, 1 fr. | Beurre frais, 1,75

POTAGE.

Riz à la paysanne, 2 fr. | Vermicelles, 1 fr.

RELEVÉ.

Poissons frits,	7 »

ENTRÉES.

Rosbif de cheval,	4 50
Filet de mulet, sauce poivrade,	5 »
Cheval en daube,	5 »
Navarin de bouc aux racines,	6 »

RÔTS.

Poulet (le quart),	10 »
Deux mauviettes,	5 »

ENTREMETS DE LÉGUMES.

Salade de légumes,	4 »
Cardons au jus,	3 »

DESSERT.

Fromage de Hollande,	2 »
Compote d'ananas,	2 »
Pomme,	2 »

MENU DU 19 JANVIER 1871.

OBSERVATIONS.

Nous achetâmes un bouc 3 fr. le kilogramme.

Jamais l'art culinaire ne réussira à faire de la viande du bouc un mets potable. J'ai employé les acides oxalique, tartrique, nitrique, sulfurique, étendus d'eau ; il m'a été impossible de faire disparaître l'odeur.

RESTAURANT PETER'S, PASSAGE DES PRINCES

Siége de Paris 1871.

Menu d'un dîner pour des jeunes élèves de l'Ecole Polytechnique du 19 Janvier 1871.

HORS-D'ŒUVRE.

Céleri-rave. | Saucisson de Lyon.

POTAGE.

Purée de pois au cerfeuil.

RELEVÉ.

Brême à la Voltaire.

ENTRÉE.

Côtelettes à la jardinière.

RÔT.

Poularde et salade de laitue.

ENTREMETS DE LÉGUMES.

Champignons sautés. | Choux-fleurs au gratin.
Buisson d'écrevisse.

ENTREMETS DE DOUCEUR.

Bombes glacées. | Beignet de pomme.

DESSERT.

Fromage et fruit. | Café et liqueur.

RESTAURANT PETER'S, PASSAGE DES PRINCES

Siége de Paris 1871.

Menu du 20 Janvier 1871.

HORS-D'ŒUVRE.

Céleri-rave,	1 50	Olives,	1 fr.

POTAGE.

Croûte au pot,	1 fr.	Tapioca,	1 fr.

RELEVÉ.

Goujons frits,	6 »

ENTRÉES.

Filet de cheval,	4 50
Abatis de volaille aux racines,	5 »
Gras-double à la Marseillaise,	4 »
Tête de veau, sauce piquante,	6 »

RÔTS.

1/4 de poulet,	10 »
Salade de laitue,	3 »

ENTREMETS DE LÉGUMES.

Cardons au jus,	3 »
Asperges,	4 »

DESSERT.

Fromage,	2 »
Pomme,	2 »
Poire,	2 »

MENU DU 20 JANVIER 1871.

OBSERVATIONS.

Faute de garnitur s, de combustible, de beurre, etc., il nous est impossible de faire une grande variation de me's.

RESTAURANT PETER'S, PASSAGE DES PRINCES

Siége de Paris 1871.

Menu du 21 Janvier 1871.

HORS-D'ŒUVRE.

Céleri-rave,	1 fr.	Beurre frais,	1 75

POTAGE.

Tapioca,	1 fr.	Vermicelles,	1 fr.

ENTRÉES.

Cheval en daube,	4 »
Côtelette de veau, purée de pommes,	7 »
Deux œufs farcis, sauce au jambon,	4 50

RÔT.

Poulet (le quart),	10 »

ENTREMETS DE LÉGUMES.

Cardons au jus,	3 »
Asperges,	4 »

DESSERT.

Compote de mirabelle,	1 25
Pomme,	2 »
Poire,	2 »

MENU DU 21 JANVIER 1871.

OBSERVATIONS.

Le pain manque depuis longtemps. La jeune fille, l'ouvrière se déshonore pour manger : double malheur pour un ! Le malheureux observe.

Le sénat est à l'étranger ; la noblesse de Napoléon III est à Londres ; l'ouvrier porte sa croix jusqu'au bout.

RESTAURANT PETER'S, PASSAGE DES PRINCES

Siége de Paris 1871.

Menu du 22 Janvier 1871.

HORS-D'ŒUVRE.

Beurre frais,	2 fr.

POTAGE.

Riz-paysanne,	1 50	Tapioca,	1 fr.

ENTRÉES.

Filet de cheval aux pois,	5 »
Sauté de lapin et de chat,	6 »
Cheval à la mode,	4 50

RÔT.

1/4 de poulet,	10 »

ENTREMETS DE LÉGUMES.

Pois au jus,	2 50
Asperges,	4 »

DESSERT.

Fromage de Gruyère,	2 »
— de Hollande,	2 »

MENU DU 22 JANVIER 1871.

OBSERVATIONS.

Nous achetâmes deux têtes de fromage de Hollande à des mobiles, 12 francs la tête ; des pommes-de-terre à 30 fr. le décalitre.

RESTAURANT PETER'S, PASSAGE DES PRINCES

Siége de Paris 1871.

Menu du 23 Janvier 1871.

POTAGE.

Riz-Crécy,	2 fr.	Vermicelles,	1 fr.

ENTRÉES.

Daube de cheval,	4 50
Sauté de dindonneau,	8 »
Gibelotte de lapin, de chat et de rat,	8 »

RÔTS.

Le 1/4 de poulet,	10 »
Tête de porc,	6 »
Galantine de poulet,	6 »

ENTREMETS DE LÉGUMES.

Asperges,	4 »
Ceps,	4 »

DESSERT.

Fromage de Gruyère,	2 »
Confiture,	1 25

MENU DU 23 JANVIER 1871.

OBSERVATIONS.

Il est question d'un armistice. Les accapareurs font sortir des marchandises considérables.

RESTAURANT PETER'S, PASSAGE DES PRINCES

Siége de Paris 1871.

Menu du 24 Janvier 1871.

POTAGE.

Riz au poireau, 2 fr. | Croûte au pot, 1 fr.

ENTRÉES.

Bœuf braisé,	4 50
Filet de cheval au jus,	7 »
Navarin de bouc aux haricots blancs,	7 »

RÔT.

Le 1/4 de poulet,	10 »

ENTREMETS DE LÉGUMES.

Asperges,	4 »
Pommes sautées,	3 »

DESSERT.

Compote de mirabelle,	1 50
Fromage,	2 »

MENU DU 24 JANVIER 1871.

OBSERVATIONS.

Le sel manque. Les lapins, 45 francs ; les poulets, de 45 à 50 francs.

RESTAURANT PETER'S, PASSAGE DES PRINCES

Siége de Paris 1871.

Menu du 25 Janvier 1871.

HORS-D'ŒUVRE.

Graisse de porc frais,	1 fr.

POTAGE.

Vermicelles,	1 fr.	Riz,	1 50

ENTRÉES.

Sauté d'âne,	4 50
Ragoût de chèvre,	7 »

RÔTS.

1/4 de poulet,	10 »
Salade d'escarolle,	3 »

ENTREMETS DE LÉGUMES.

Asperges,	4 »
Cardons au jus,	3 »

DESSERT.

Fromage de Hollande,	2 »

MENU DU 25 JANVIER 1871.

OBSERVATIONS.

Les échalottes, 0,50 c. pièce. Nous achetâmes deux jambons 24 fr. le kilogramme, les poireaux 2 francs.

RESTAURANT PETER'S, PASSAGE DES PRINCES

Siége de Paris 1871.

Menu du 26 Janvier 1871.

POTAGE.

Vermicelles,	1 fr.	Tapioca,	1 fr.

ENTRÉES.

Rosbif de cheval au jus,	4 50
Cuissot de veau,	6 »
Daube d'âne,	4 50

RÔTS.

Le 1/4 de poulet,	10 »
Le 1/4 de caneton,	10 »

ENTREMETS DE LÉGUMES.

Asperges,	4 »
Pommes sautées,	2 »

DESSERT.

Compote de mirabelle,	1 50
Fromage,	2 »

MENU DU 26 JANVIER 1871.

OBSERVATIONS.

Les prix des substances alimentaires ont une certaine tendance à la baisse.

RESTAURANT PETER'S, PASSAGE DES PRINCES

Siége de Paris 1871.

Menu du 27 Janvier 1871.

POTAGE.

Vermicelles,	1 fr.	Tapioca,	1 fr.

ENTRÉES.

Rosbif de cheval,	4 »
Cheval en daube,	4 »
Abats de mouton aux pommes,	5 »

RÔT.

Poulet (le quart),	10 »

ENTREMETS DE LÉGUMES.

Asperges,	4 »
Pommes sautées,	3 »

DESSERT.

Fromage,	2 »
Confiture,	1 50

MENU DU 27 JANVIER 1871.

OBSERVATIONS.

Nous achetâmes un lot de poissons : carpes et barbillons, 70 francs.

Je les pesai, 4 kilogrammes 750 grammes.

RESTAURANT PETER'S, PASSAGE DES PRINCES

Siége de Paris 1871.

Menu du 28 Janvier 1871.

POTAGE.

Tapioca,	1 fr.	Vermicelles,	1 fr.

RELEVÉ.

Friture de goujons,	7 »
Carpe frite,	5 »

ENTRÉES.

Jambon, sauce Madère,	6 »
Pièce de bœuf à l'anglaise,	6 »
Cheval en daube,	4 50
Gibelotte de lapin,	6 »

RÔT.

Poulet (le quart),	10 »

ENTREMETS DE LÉGUMES.

Asperges,	4 »
Pois,	2 50

DESSERT.

Fromage de Gruyère,	2 »

MENU DU 28 JANVIER 1871.

OBSERVATIONS.

Le 28 janvier, un armistice est conclu à Versailles entre M. Jules Favre et M. de Bismarck. Le siége de Paris avait duré 135 jours. Rien n'avait manqué à la maison Noël ; au lieu de perdre 40,000 francs pour avoir l'honneur d'être vainqueur, il préféra en gagner 40,000 et être vaincu. Voilà à peu près le rôle du boutiquier en général.

Je termine ici les menus du siége. J'aurais pu multiplier et donner en parallèle les déjeûners.

Aussitôt que les portes furent ouvertes, les lignes établies, la marée se vendit au prix de l'or ; jugez-en par les prix suivants :

Une sole, 4 fr.; un turbot, 50 fr.; un merlan, 4 fr.

Il nous resta à la maison trois cents boites de cheval conservé.

Le siége était fini ; le peuple avait du pain !!!

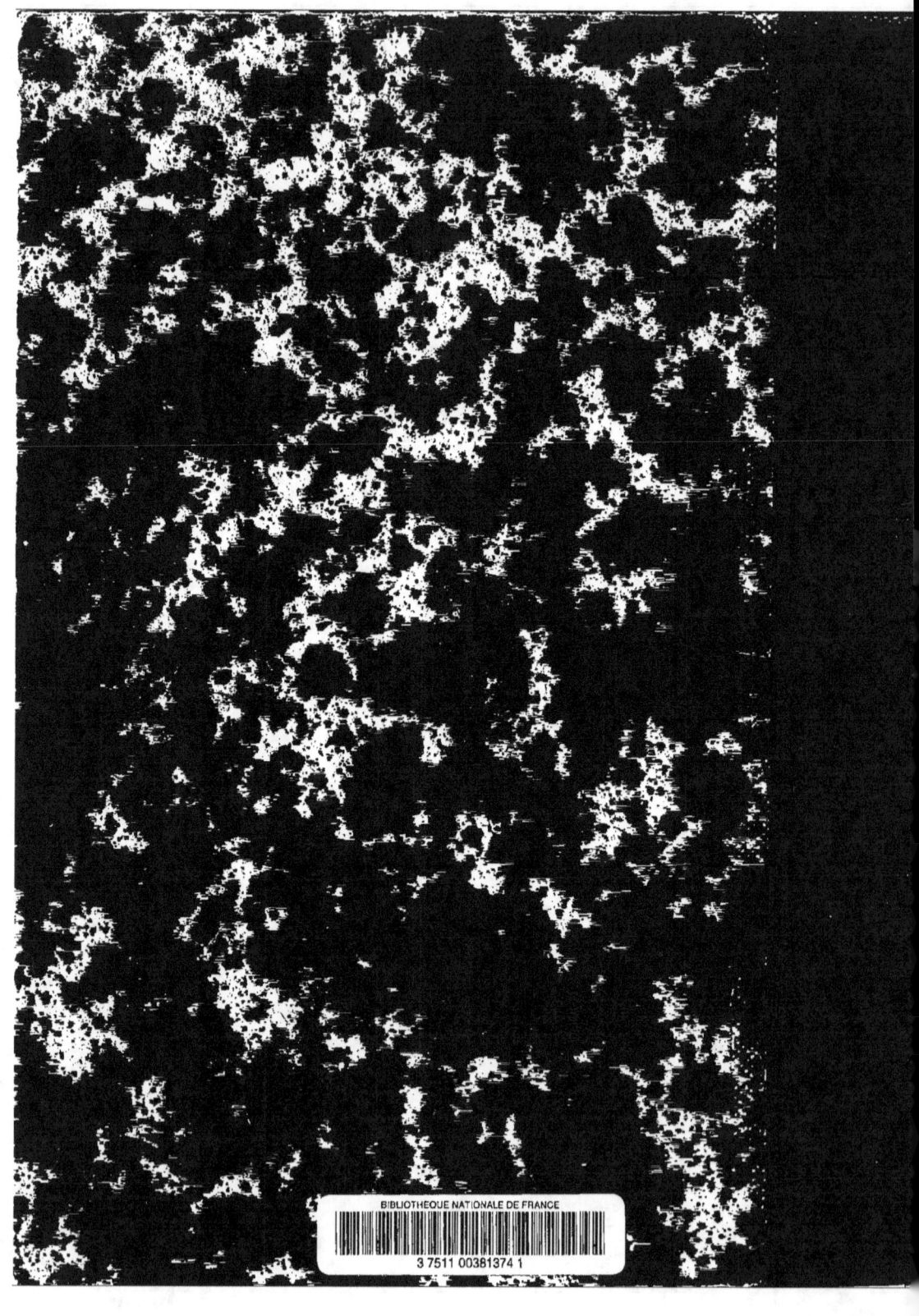

www.ingramcontent.com/pod-product-compliance
Lightning Source LLC
Chambersburg PA
CBHW070819250626
47170CB00006B/2158